Quartos alugados

COLEÇÃO TRÁS-OS-MARES

coordenação
Renato Rezende e Maria João Cantinho

projeto gráfico
Sergio Cohn

capa
Lucio Ayala

revisão
Luca Jinkings

distribuição
Editora Hedra

edição adotada
Quartos alugados, Porto, Exclamação, 2015

Com o apoio da Direção-Geral do Livro, dos Arquivos e das Bibliotecas – DGLAB / Cultura / Portugal

Dados internacionais de Catalogação na Publicação – CIP

A553
Andrade, Alexandre
Quartos alugados / Alexandre Andrade. – Rio de Janeiro: Circuito; Lisboa: DGLAB, 2020. (Coleção Trás-os-mares).
144 p.

ISBN 978-65-8697-415-7

1. Literatura Portuguesa. 2. Conto. I. Título. II. Série. III. Direção-Geral do Livro, dos Arquivos e das Bibliotecas (DGLAB).
CDU 821.134.3   CDD 869.3

2020

www.editoracircuito.com.br

Quartos aluados
ALEXANDRE ANDRADE

CULTURA
DIREÇÃO-GERAL DO LIVRO, DOS ARQUIVOS E
DAS BIBLIOTECAS

2020

Sumário

Prefácio 7

QUARTOS ALUGADOS........................... 11
In absentia 13
Quarto escuro 31
Quem anda a comer do meu prato? 43
Sul 51
Vaga de fundo 65
Voi che sapete 79
O ramo dourado 2012 — Uma nova esperança 101
Rua da velha lanterna.................................... 109
O mesmo poeta... 131

Prefácio

UM LIVRO QUE SE ABRE AO INESPERADO E AO ACIDENTAL

1. A um pequeno texto que vem antes do texto principal pede-se clareza e pistas de leitura, mas na verdade, percorridos estes nove contos, sinto-me tão eufórica e desnorteada como as personagens: impressões dispersas, caixas dentro de caixas dentro de caixas, chaves sem portas e portas sem chave; tudo isso criando imagens e sensações que seguem caminhos opostos.

2. Podia começar, por exemplo, pela família literária. Mas quem é a família do Alexandre Andrade? Georges Perec? Sim. Donald Barthelme? Sim. Eric Rohmer? Sim. Heinrich von Kleist? Sim. Haverá outros, com certeza, mas destes encontro vestígios:

   ▷ coisas triviais em confronto com coisas extraordinárias (mas quais são quais?);
   ▷ tendência para enumerações e listas;
   ▷ uso intensivo de travessões e pontos-e-vírgulas;
   ▷ sentido de jogo permanente (apanhar os dois pássaros que voaram, como Mônica; deixar a tese derivar para conjecturas e versões alternativas, ao sabor das incógnitas que vão surgindo, como Leda);
   ▷ os nomes das personagens: quem, senão Alexandre Andrade, ousaria juntar Vasco, Leda, Berenice, Klaus, Ezequias, Inácio, Tatyana, Ester, Minerva, Luz, Samanta, Júlio e Penélope durante uns dias de Verão tórrido em Coimbra? No entanto, não consigo demonstrar a relação evidente.

   Talvez porque nestas histórias isso pouco importa?

3. Passemos então ao interior dos *quartos*. O que aí tem lugar são narrações curtas (por dentro e por fora) e um bocado misteriosas. A trama é, literalmente, uma filigrana em redor de um episódio sem importância; o mistério é sutil, convive com o cotidiano, retira dele força para crescer e também, sem darmos por isso, desaparecer. Em "Quem anda a comer do meu prato?" a rapariga troca a investigação do título por uma ida arbitrária à National Gallery para ver *"Natureza-morta com maçãs e romã"* de Courbet apenas pela grandiosidade das cores e porque pode escolher. Não sabemos a razão que move estas personagens; no sentido contrário, porém, a cada página descobrimos a importância do acaso, do acidental, nas suas vidas dando azo a comportamentos infinitos e imprevisíveis. É-nos oferecido um mundo aberto, cheio de possibilidades e entusiasmo onde as causas e consequências nem sempre encaixam umas nas outras.

4. Apesar de muito jovens, ou talvez por isso mesmo, perante um enigma ou ameaça as personagens agem com ousadia e agilidade. Tomam as coisas mais estranhas e inesperadas que lhes acontecem como quem acaricia um cavalo que lhes surge pela frente, vindo sabe-se lá de onde, depois decidem montá-lo e avançam em "L". Ora, isto cria um ambiente literário raro de encontrar, que vem de um tempo menos assertivo e privilegia a suspensão, um deixar-se ir, deixar-se tocar. O mistério é luminoso, solar, quase alegre; por certo todas estas personagens são capazes de ver o raio verde.

5. Depois destas considerações tremendamente refutáveis, termino com a objetividade própria dos números sem, contudo, obedecer a nenhum critério em particular. Apenas me diverti a contar quantas vezes algumas palavras aparecem em "Quartos Alugados", eis o resultado: a palavra "livro" aparece 52 vezes; olhos 49, janela 40, conversa 40, Paris 33, acaso 25, café 23, cama 23, mesa 21, música 21, cadeira 19, cozinha 19, detalhe 19, copo 18, chuva 18, cabelo 17, leis 15, jardim 13, silêncio 13, chá 13, escola 12, sorriso 11, gato 10, biblioteca 10, razão 10, teoria 9.

The world is not with us enough.
(Denise Levertov, *O Taste and See*)

Este livro é para a Alexandra.

Quartos alugados

In absentia

Em momentos de dúvida ou embaraço íntimo, ele repetia para si ou (mais raramente) para outros:
— Nada disto foge ao normal. Nas alturas críticas, momentos de ruptura, novos começos, o detalhe mais ínfimo pode erguer-se a símbolo e durar o resto da vida. Pode ser uma melodia, um recado, uma mancha de luz. No meu caso, foi uma gaveta aberta e uma luva dentro dela.

A gaveta pertencia a uma secretária que estava numa das divisões do pequeno apartamento que ele visitara e que se decidira a arrendar. Andava de um lado para o outro, devagar, como quem assimila as características e cambiantes de um lugar que poderá vir a ser o seu. Era um T1 virado a sul, acanhado mas com uma vista agradável para uma praça sossegada. O senhorio manifestava o seu tato pela maneira como se apagava, como se fazia pequenino junto à porta de entrada, aguardando o final da inspeção.

Abrira e fechara portas e armários, ao acaso. Aquela fora a primeira gaveta que abrira. Lá dentro estava uma luva de pelica, da mão esquerda.

— Que luva tão pequena —, pensara ele. — Só deve servir em mãos muito pequenas, em mãos minúsculas.

Quando fechou negócio com o senhorio (um cavalheiro de olhos e linhas do rosto fatigados, que arrastava as frases mas fazia questão em levá-las sempre até o seu fim natural), a mão minúscula, erguida e aberta, pairava no seu campo de visão.

Péricles fora colocado em Tondela, numa região que ele não conhecia. Cabia-lhe ensinar Matemática a adolescentes do ensino secundário. Gostava da Escola Secundária José Relvas, aonde chegava todos os dias após um curto trajeto a pé que interrompia a meio para comer um bolo e beber um café numa confeitaria. A integração na nova escola tinha corrido bem. Péricles fazia amizades com facilidade. Os alunos, ou pelo menos alguns deles, estavam naquele limbo entre a malícia ostentada e a tentação da franqueza, um limbo mais largo e mais povoado do que muitos julgam.

Péricles tinha 35 anos. Há quem se finja indiferente à aproximação do ponto médio de uma vida, porém roído por dentro pelo medo. No caso do professor de Matemática, a indiferença que mostrava ao mundo era o reflexo fiel dos seus estados de alma, ocultos mas confessáveis.

Depois da luva, veio o iogurte. Péricles encontrou um iogurte grego na geladeira na noite do dia em que se mudou para o apartamento com vista para a praça. O iogurte estava no último dia de validade. Péricles comeu-o, de pé, enquanto olhava pela janela. Saboreou cada colherada lenta.

O apartamento vinha totalmente equipado com mobília e eletrodomésticos. Depois da luva e do iogurte, Péricles encontrou uma saqueta de chá de menta entalada entre o colchão e o espaldar da cama. Esperou alguns dias antes de fazer uma infusão com a saqueta.

— Este sabor... Este aroma...

Era surpreendentemente fácil imaginar uma mão pequenina fechada sobre a asa da caneca fumegante, naquele mesmo apartamento, naquela mesma cadeira em que Péricles se sentava.

Péricles aproveitou um pretexto para telefonar ao senhorio. Inseriu na conversa perguntas, que tentava fazer parecer casuais, sobre a anterior ocupante da casa. O senhorio não era daqueles que se armam de preconceitos contra a indiscrição: partilhou com Péricles tudo o que sabia, que aliás não era muito.

— Era moça recatada, nunca causou problemas. Pagava a horas e tratou bem dos móveis. Não a vi mais do que um punhado de vezes. Numa dessas vezes, quando fui consertar as persianas da cozinha, contou-me que a família era originária das redondezas mas que ela nasceu em Lisboa. Partiu de forma abrupta, sem o pré-aviso contemplado no contrato. Ainda assim, reembolsei-a do mês de caução. Ela merecia. Moça esplêndida.

Resumia-se a isto o conhecimento do senhorio sobre a anterior inquilina. E o nome dela?

— Começava por um M... Marta? Mônica? Sim, era isso mesmo: Mônica.

Mônica!

Os lábios de Péricles moviam-se para pronunciar o nome enquanto cumpria o seu trajeto de todos os dias, indiferente à chuva miúda que salpicava de gotículas o seu rosto e o seu cabelo. Na escola, o dia correu-lhe muito bem. Um colega, professor de Física e Química, cuja atitude Péricles estranhara desde a sua chegada, misto de indiferença estudada e paternalismo, surpreendeu-o com um gesto generoso. Num segundo da aula da manhã, sentiu-se subitamente a transbordar de felicidade e envergonhado pela sua condição de receptáculo, embora modesto, de tanta felicidade.

Péricles manteve-se atento a oportunidades para travar conhecimento com os vizinhos de cima e de baixo. No andar de baixo vivia um casal de meia-idade, ambos reformados. Eram muito simpáticos. Convidaram Péricles para tomar um café. Falavam com gosto do seu passado nas danças de salão, lamentavam uma fratura e uma condição cardíaca que os tinham forçado a abandonar a dança. De Mônica, só tinham bem a dizer. Evocaram alguns dos seus traços físicos: baixa mas elegante, cabelo liso e escuro, maquilhagem elaborada mas não excessiva.

Tinham-se habituado a ouvir o ruído dos passos de Mônica pela noite dentro. Não era um incômodo, mas perguntavam-se o que a levava a calcorrear o apartamento horas a fio, sem uma pausa sequer para descansar.

Só muito de longe em longe Mônica recebia visitas.

No andar de cima viviam dois jovens. Um era farmacêutico, o outro parecia desocupado. Pareciam pouco dispostos a falar sobre Mônica, mais por falta de conhecimento de causa do que por escrúpulo. O farmacêutico disse que tinha perdido a conta às vezes em que recebera encomendas de livros dirigidas a Mônica.

— Dezenas e dezenas de livros. O carteiro não a encontrava em casa e tocava para aqui.

Mônica agradecia sempre o favor com uma polidez que pertencia a outros tempos.

Bate certo, dizia Péricles de si para si. Está de acordo com...

Mas como fazer para se inteirar da ocupação de Mônica, daquilo que a trouxera a Tondela e daquilo que a levara a partir? A resposta a uma destas questões conteria a resposta às restantes? Péricles detestava encontrar-se numa situação em que dependia de um capricho do acaso, porém desta vez o acaso mostrou-se benigno. Na sala de professores, escutou a queixa de uma professora de Inglês relativa a uma ajudante de cabeleireira, "rapariga franzina" dotada de "umas mãozinhas de anjo" que desaparecera de maneira inesperada. As probabilidades e o bom senso jogavam contra ele, mas Péricles não quis deixar de explorar aquele débil filão, até porque o cabeleireiro ficava em caminho. Foi na hora de almoço desse mesmo dia que decidiu entrar.

— Tenho uma coisa para dar à Mônica. Tem de ser entregue em mão. É um assunto importante. Ela trabalha aqui, não é?

Três mentiras, seguidas de uma pergunta veloz e tensa que serviu para expulsar o remorso do impostor e arcar com o peso das suas esperanças. A dona do cabeleireiro olhou para ele sem expressão.

— A Mônica foi-se embora e não deixou morada.

Um arrepio de entusiasmo inteiriçou o corpo de Péricles. Olhou para objetos e paredes com um respeito novo. Uma cliente retribuiu-lhe um olhar que parecia vir das profundezas de um qualquer abismo. Estava sentada numa cadeira, envolta numa bata. Madeixas púrpura desenhavam-se sobre a prata cobreada do seu cabelo. Péricles retirou-se, apressado.

Madalena. Madalena trabalhava como enfermeira no Hospital dos Covões, em Coimbra. Vivia com os pais em Condeixa-a-Nova. Vinha visitar Péricles aos fins-de-semana, sempre que o escalonamento dos turnos lho permitia. Conduzia o seu Fiat Punto com prudência pelas estradas nacionais, seguia o curso do rio Mondego e atravessava-o. A cama da casa de Péricles em Tondela era estreita, mas era ali que dormiam e se amavam. Entregavam-se ao amor físico com o abandono da fadiga. Aproveitavam os domingos para explorar as redondezas no carro de Madalena. Ficaram a conhecer Águeda, Seia, Santa Comba Dão. Gostavam de parar em sítios improváveis e ficar dentro do carro durante uma hora ou duas, a conversar, ouvir CDs e beber café de um termos.

A primeira carta anônima chegou numa sexta-feira de tempestade. Péricles segurou a carta na ponta dos dedos, mais preocupado em mantê-la longe da água que escorria dos seus cabelos e do seu impermeável do que em espreitar remetente e destinatário. O nome de Mônica e o endereço estavam escritos numa caligrafia neutra. A carta estava impressa em maiúsculas numa folha de papel dobrada em quatro. Dizia assim:

SABEMOS QUEM TU ÉS E SABEMOS QUE SABES QUEM NÓS SOMOS. É INÚTIL TENTARES ESCONDER-TE DE NÓS, E ISSO VALE TANTO PARA UMA CIDADE PEQUENA COMO PARA O IMENSO MUNDO. OS ATOS, SABES, TÊM CONSEQUÊNCIAS. TU QUERES UM PÁSSARO NA MÃO E OS DOIS QUE VOARAM COMO SE ISSO FOSSE POSSÍVEL. QUEREMOS VER-TE NO SÍTIO DO COSTUME ÀS 23 HORAS DO DIA 15. TRAZ AQUILO QUE SABES. VEM SOZINHA. PARA QUÊ ARMAR ESCÂNDALO?

O dia 15 era dali a três dias, mas qual seria o "sítio do costume"? E qual seria o artigo que Mônica era instada a trazer com ela? Pensativo, com o cabelo em desalinho por causa do vento e da chuva e sem que lhe ocorresse ligar a luz elétrica, Péricles percorreu o apartamento de um lado para o outro, lentamente. Através da janela, avistou uma outra janela distante e iluminada e por detrás dela um rosto transtornado pela ansiedade. Quem seria aquele espectador, obviamente tão atento à casa onde Péricles estava, a casa que Mônica outrora habitara? Lembrou-se do testemunho dos vizinhos de baixo, das deambulações noturnas de Mônica pelo apartamento; lembrou-se dos livros que chegavam para Mônica ("dezenas e dezenas") e de que os vizinhos de cima, gentilmente, tomavam conta quando ela não estava em casa para os receber.

Uma leitora irrequieta, portanto. Passadas tensas acompanhando o virar das páginas. Talvez gestos, talvez frases em voz alta. E um espectador febril do outro lado da rua, alguém a quem aquele ir e vir cadenciado de Mônica preenchera uma parcela da vida, transmitira sentido, deixara traço.

Péricles aproveitou o dia seguinte, sábado, para explorar o apartamento com uma minúcia que se recriminou por não ter ainda aplicado. Cada palmo quadrado de soalho envernizado, cada aresta de móvel foi alvo da mesma atenção. Péricles notou que as prateleiras do quarto estavam abauladas por uma depressão central: resultado da pressão de livros pesados (catálogos de museu? compêndios científicos?) ou de livros de porte mais modesto mas durante um tempo considerável? Junto à escrivaninha viam-se sulcos deixados pelas rodas da cadeira giratória. Péricles imaginou Mônica sentada, entregando-se a devaneios, raspando o verniz do chão numa cadência que era só sua, mas que ela ignorava e a que só um observador externo poderia fazer justiça.

Na noite do dia 15, Péricles saiu à rua e caminhou ao acaso, como se movido pela esperança de reconhecer aqueles que tinham marcado encontro com Mônica. Demorou-se em cafés semivazios. Misturou-se com uma pequena multidão que assistira a um recital lírico.

Foi no dia a seguir a esse, ao final da tarde, que Péricles recebeu uma visita. Reconheceu-a pelas madeixas de cabelo pintadas de púrpura, um púrpura mais carregado e menos sutil do que a tonalidade que guardara na memória desde que a vira no cabeleireiro. Reparou agora que a mulher era de meia-idade, de tez morena, corpulenta, proporcionada. Fora certamente muito bela. Péricles deixou-a entrar em sua casa sem lhe perguntar ao que vinha.

— Vim por causa da Mônica.

— Eu sei.

As mãos pequenas de Mônica afagando aquele cabelo, tratando-o com esmero, com um profissionalismo feito de gestos curtos e seguros a que não faltava o carinho. O hálito mentolado de Mônica difundindo-se pelo espaço do cabeleireiro com a cadência de uma frase banal, uma conversa de circunstância com a cliente sobre o estado do tempo ou sobre as vicissitudes da vida. A preocupação secreta que a faz atrasar o gesto, não mais do que uma fração de segundo. Mônica suspende o movimento da mão que segura a escova, retoma-o quando está prestes a aperceber-se da pausa.

— Eu estava no cabeleireiro quando você apareceu a perguntar pela Mônica. Quando soube que era o novo professor de Matemática, perguntei até ficar a saber onde morava. Esta é uma terra pequena. As coisas sabem-se.

Péricles sorriu, com receio de que ela se fosse desculpar. O sorriso era um encorajamento para prosseguir.

— A Mônica era uma moça amorosa. Todos os que a conheceram sentem saudades dela e das suas mãos de fada. Mas não encontrará muita gente com vontade de pronunciar o nome dela, ou de falar sobre ela.

— Mas por quê?

— Ela meteu-se com quem não devia. Más companhias. Circularam várias versões. Houve quem falasse num grupo vindo da Europa de Leste, houve quem garantisse que se tratava de um bando ligado ao roubo de cobre. As pessoas falam de mais, mas desta vez havia um fundo de razão.

Péricles perguntou, de si para si, se o vizinho do outro lado da rua estaria a seguir aquela entrevista e a especular sobre o teor da conversa, agarrando-se à hipótese, remota mas verdadeira, de estarem a falar sobre a anterior ocupante do apartamento.

A visitante, agora de pé e levando a mão ao peito:

— Acha que ela está em maus lençóis? Acha?

A carta anônima ("TU QUERES UM PÁSSARO NA MÃO E OS DOIS QUE VOARAM COMO SE ISSO FOSSE POSSÍVEL") não estava à vista. Péricles finalmente convenceu-a de que sabia tanto ou tão pouco como ela sobre o destino de Mônica, e que prolongar uma conversa entre duas pessoas igualmente carentes de informação era, agradável ou não, um exercício fútil.

— Eu daria tudo por ela. Tudo. — Foram as últimas palavras da senhora antes de se despedir. Acariciando a luva de pelica, reclinado na cama estreita, Péricles não encontrou motivo para suspeitar de exagero poético. Tudo. Tudo por ela.

Péricles ia agora para a escola como num transe. Chamamentos, cumprimentos de pessoas conhecidas, aromas (o café na confeitaria do costume, um maciço de rosas-chá num jardim particular a poucas dezenas de metros da escola) sucediam-se na ordem esperada. Aulas e afazeres burocráticos preenchiam eficazmente o dia. Surgiam problemas. Péricles ocupava-se dos problemas. Nas reuniões, exprimia a sua opinião, por vezes com calor. Ria-se das anedotas. Procurava consensos e meios-termos quando as posições se extremavam. Ao final da tarde, Tondela começava a recolher-se, em peso, como um pequeno animal que prepara a dormida. Péricles lia versos pela noite dentro enquanto, mais metódico do que empolgado, calcorreava o apartamento. Lia versos malditos, rimas de pé quebrado e sonetos simbolistas.

Péricles foi abordado na sala de professores pela colega de Português. À parte e a meia-voz, como numa conspiração.

— Soube que andaste a fazer perguntas sobre a Mônica.

— Moro na casa onde ela estava antes de partir.

— Eu sei. Conheço alguém que se dava de forma muito íntima com ela: o Dr. Castro, um homem de letras da localidade que se retirou e vive afastado do mundo, numa casa isolada à beira da estrada para o Caramulo. Não sei que tipo de ascendente tinha ele sobre ela, mas era comum vê-los aos dois numa esplanada ou caminhando lado a lado. O Dr. Castro tem uma legião de discípulos que o rodeiam como insetos quando ele desce a Tondela, mas só a Mônica tinha artes de romper aquela couraça de desencanto e ironia ácida.

— Estás a dizer-me que...

— Estou a dizer-te que, neste momento, a única via para te aproximares da Mônica passa por este homem.

— O carro está com a Madalena. Uma casa isolada no Caramulo ou a selva birmanesa são-me igualmente inacessíveis neste momento.

— Empresto-te a minha bicicleta, se quiseres.

— Isso era simpático.

— Está tudo bem com a Madalena?

— Está muito cansada porque trabalha por dois. Aceita demasiados turnos de noite. Mas anda satisfeita.

— Ainda bem. Se quiseres, passa por minha casa hoje ao fim da tarde para eu te dar a bicicleta.

A bicicleta tinha as mudanças avariadas. Péricles levou mais de meia hora para pedalar dez quilômetros. A tal casa isolada era afinal uma espécie de casebre quase em ruínas, onde era difícil imaginar que alguém pudesse viver. Péricles encostou a bicicleta a uma árvore e aproximou-se da casa. Não havia um único sinal de vida. Péricles espreitou para o interior através de uma janela, mas era impossível distinguir fosse o que fosse.

Não se ouvia qualquer ruído a não ser o dos carros que passavam na estrada, a poucos metros de distância.

Teria Mônica alguma vez vindo ali? Por que lado? Pé ante pé? Olhando em seu redor? Com que trejeitos de apreensão, palpitações de expectativa?

Péricles escutou um rumor de passos. Olhando para trás, avistou um homem que, como ele próprio fizera, se aproximava da casa. Viu também um Honda prateado estacionado a algumas dezenas de metros. O rosto do homem era-lhe familiar. O sorriso transmitia cumplicidade e resignação.

— A gaiola está vazia, não é? Não estou surpreendido. Era de esperar. Não madrugamos o suficiente. Mas houve quem tivesse tentado. Está a ver estas pegadas? Estes rastros de pneus? Alguém esteve aqui. Pode ser que tenham conseguido falar com ele, pode ser que não tenham. Eu até seria capaz de descobrir a marca do carro, se quisesse perder tempo com essas coisas, mas de que serviria isso?

— Você também vinha à procura do...

— ...do excelente Dr. Castro, bem entendido. Não me está a reconhecer, pois não? Sou o pai do Martim. Conversei consigo na última reunião de encarregados de educação.

— O Martim, claro. Ele tem feito progressos.

— O rapaz até é esperto, mas não estuda, o que é que se há-de fazer?

— Tem de se aplicar mais.

— Ele não tem grande cabeça para os números, mas pode fazer melhor.

— O que será feito do Dr. Castro?

— Quem sabe? Mas digo-lhe uma coisa: ou me engano muito, ou não o vamos ver por Tondela nos próximos tempos. Uma coisa é ele estar rodeado por discípulos e admiradores, outra coisa é ser assediado por pessoas que não vêem nele mais do que uma etapa do caminho que conduz até a Mônica. Se ele tiver um pingo de juízo, irá afastar-se durante uns tempos. E sabe que mais? Estamos a perder o nosso tempo aqui. Venha daí, dou-lhe carona.

— Parece-me que a bicicleta não cabe na mala do seu carro.
Não cabia, com efeito.
— Então a gente vê-se por aí, senhor doutor.
— Os meus cumprimentos ao Martim.

O percurso de volta era a descer. Péricles deixou-se ir, imaginando que regressava a uma cidade repleta de enigmas mas nunca cruel o suficiente para sonegar as soluções desses enigmas àquele que se dispusesse a encontrá-las, munido apenas das suas mãos nuas, do seu engenho humano, do seu corpo vertical estremecido muito ao de leve pela pulsação.

Ao chegar a casa, tinha à sua espera a segunda carta anônima.

> NÃO COMPARECESTE AO ENCONTRO. A CADEIRA VAZIA PARECIA A PONTO DE SE TRANSFORMAR NA TUA PRESENÇA VIVA MAS ISSO NÃO ACONTECEU. ASSUMES A DECISÃO DE TRANSFORMAR TONDELA NUMA CIDADE DESPROVIDA DE TI E DA TUA REALIDADE? MAS A TUA DECISÃO NÃO É O ALFA E O ÔMEGA E TEMOS ASSUNTOS EM ABERTO. SÃO ASSUNTOS VULGARES E PEQUENINOS MAS ESTÃO EM ABERTO. ESTAREI NO CAFÉ DE NANDUFE, AQUELE QUE TEM O TOLDO AMARELO, NO DIA VINTE ÀS SETE DA TARDE. ESPERAREI LÁ POR TI. TRAZ AQUILO QUE SABES E EU TRAREI AQUILO QUE SABES. NÃO FALTES, MÔNICA.

Pareciam tão longas a Péricles, as horas que ainda o separavam do dia 20. Péricles fazia oscilar a cadeira de escritório com uma doçura infinita, no sentido horário e no sentido anti-horário. Nem uma luz na casa do vizinho do outro lado da rua. No andar de baixo, ruído de pés calçados com sapatos de dança, movendo-se a compasso. Sobrava um iogurte na geladeira, que Péricles comeu enquanto escrevia uma nota para não se esquecer de comprar laranjas para Madalena, que viria no dia seguinte.

Madalena achou Péricles mais magro.

— É extraordinário aquilo que consegues emagrecer numa semana.

Choveu durante todo o fim-de-semana. Madalena e Péricles passaram quase todo o tempo a ler na cama estreita e a ouvir música.

— Há aqui um artigo interessante sobre o restauro do teto da Capela Sistina.

No dia seguinte, segunda-feira, dia 20, Péricles chamou o aluno Martim quando este se preparava para abandonar a sala de aula.

— Sabes, vi o teu pai no outro dia. Ele contou-te?
— Não...

— Íamos à procura da mesma pessoa. Sabes se ele teve mais notícias desse... do Dr. Castro?

Mas era claro que a criança não estava a par de nada. Péricles deixou-o ir, para ser envolvido pela curiosidade dos colegas.

Agradeceu à colega de Português o empréstimo da bicicleta e perguntou-lhe se se ia bem a pé até o café de Nandufe. Às sete horas já era noite escura. Péricles enveredou por duas vezes por um caminho errado, mas chegou ao ponto de encontro em cima da hora. Sem medo de se enganar, com um estremecimento de familiaridade, dirigiu-se para a única cadeira desocupada que estava à vista. A cadeira estava ligeiramente afastada da mesa de café, ao ar livre apesar da noite fria. Só quando se estava a sentar Péricles olhou para o homem que estava sentado na outra cadeira, com uma imperial bebida até meio na mão. O homem não mostrou surpresa nem hostilidade. O seu rosto não tinha expressão e parecia não ter idade.s Vestia uma camisa de linho fina, apesar do frio da noite.

— Não basta um homem sentar-se numa cadeira para ocupar um lugar — disse ele.

— A Mônica não pôde vir — disse Péricles.

— Com certeza que não pôde vir. Claro que não pôde vir. Era fatal, e esta noite estava mesmo a pedir uma fatalidade. Seria de uma grande leviandade pretender combater o destino com as suas próprias armas. Quem é você?

— Um amigo da Mônica.

— A mensagem falava da Mônica, da urgência em que ela comparecesse, de uma relação de confiança mútua que existe entre nós. É de um contrato que se trata, selado com o tempo, inviolável. Compreende isto, senhor amigo da Mônica?

— A Mônica é uma mulher fiel aos compromissos, mas por vezes surgem... Como dizer? Circunstâncias que não dominamos.

— Circunstâncias.

— Circunstâncias.

— Pois seja. Somos os dois vítimas das circunstâncias. É às circunstâncias que devemos estar aqui nesta noite de cão, gelados até aos ossos, sem vontade de falar ou de olhar o outro nos olhos. Cerveja?

— Pode ser, obrigado.

A cerveja vinha a transbordar espuma. Péricles bebeu-a com sofreguidão, depois com demora, quase com ternura. Começou a cair uma chuva miúda.

— A Mónica tem uma coisa de que nós precisamos. Há gente muito poderosa e muito influente que começa a dar sinais de impaciência. Eu só quero o bem da Mónica, mas outros não terão qualquer escrúpulo em fazer o que for preciso para recuperar a...

— A coisa.

— A coisa de que nós precisamos.

— Não trouxe nada comigo.

— Nem era preciso dizer isso. Trata-se de uma coisa que a Mónica não confiaria nem ao companheiro de armas mais fiel.

Péricles queria regressar a casa o mais depressa possível, antes que a chuva ganhasse intensidade. — Queria dar-lhe isto. É para a Mónica.

Péricles deixou que o outro lhe pousasse na palma da mão um animal de barro. À luz frouxa do único candeeiro público, Péricles julgou tratar-se de um réptil de espécie indefinida.

— Diga-lhe que isto não faz parte do contrato — o rosto do homem deformava-se agora numa careta de despeito e angústia —, diga-lhe que estou a dar algo em troca de nada, e que se isto não é um penhor de respeito e, não me importo de usar a palavra, de AMOR, não sei o que isso é. Diga-lhe isto.

E afastou-se, a corta-mato, na direção de Santa Ovaia.

Já no centro de Tondela, num largo que ficava entre o Hospital Cândido de Figueiredo e a Igreja Paroquial, Péricles ouviu um alarido pouco habitual nas tranquilas noites tondelenses. Intrigado, dirigiu os passos para o foco da agitação. Junto à entrada de um prédio de habitação, uma mulher tocava compulsivamente à campainha de um dos andares e batia freneticamente na porta com a palma da mão. Dos dois lados da rua, várias pessoas assomavam às janelas ou debruçavam-se nos peitoris das varandas para tentar perceber o que se passava e dirigir admoestações à perturbadora da ordem pública. Péricles ouviu chamar pelo seu próprio nome. Voltando-se, reconheceu um funcionário administrativo da escola que assistia ao espetáculo da varanda, de roupão e pantufas, com uma calma olímpica.

— É o senhor professor Péricles, não é? Boa noite para si.

— Boa noite.

— Consegue calar essa louca? Está nisto vai para uns bons vinte minutos.

Ao aproximar-se, Péricles apercebeu-se de que a conhecia. Apesar da noite sem luar, as madeixas de cor púrpura distinguiam-se com nitidez, húmidas de água da chuva. Era a cliente do cabeleireiro.

Péricles aproximou-se. Ela também o reconhecera. Olhou-o com olhos invadidos pelo desespero, voltou-se e comprimiu o corpo contra a porta de vidro e metal. Soluçava.

— O que se passa? Posso ajudá-la?
— Não me esconda nada, por favor. Sabe se ela está em casa ou não?
— Mas quem? Quem é que está em casa.
— Ainda não lhe contaram? Como é possível? É a sobrinha do Dr. Castro. Ela vive aqui.
— A sobrinha do Dr. Castro?
— Ela é advogada. Tem escritório em Viseu, mas passa cá temporadas. Diz-se que está na posse de informações sobre o paradeiro do tio.

As feições descompostas, a voz estridente, fizeram com que Péricles, quase sem querer, pousasse a mão num gesto que ele queria tranquilizador no ombro da mulher.

— Vá para casa. Isso foi um rumor, nada mais.
— Foi muito mais do que um rumor. E mesmo que fosse? Uma hipótese ínfima de que houvesse um fundo de verdade valeria todos os sacrifícios do mundo.
— O Dr. Castro desapareceu. A Mônica desapareceu.
— A Mônica... Será verdade que ela anda metida com uma rede de apostas clandestinas? Diz-se cada coisa. Essa gente não recua diante de nada. Se ela for um meio para um fim, eles não hesitarão em espezinhá-la.
— Rumores, nada mais que rumores.
— Acha que isto tudo pode ser verdade? Será que ela corre perigo?

A voz dela era agora pouco mais do que um arfar. Ouviam-se persianas a fechar, cortinas eram corridas, luzes apagavam-se. Péricles sentiu-a desfalecer, ajudou-a a sentar-se num degrau.

— Por que é que as coisas têm de ser assim?
— Não sei. Mas a esperança é uma coisa dura, que teima em permanecer.
— É bom estar ao pé de si, é bom estar com alguém que vive na casa onde ela morava, pisa o mesmo chão que ela, dia após dia. Faz-me sentir mais próxima da Mônica.

Péricles ofereceu-se para a levar a casa. A chuva tinha parado. Olharam ambos para trás uma única vez.

— Portanto, é aqui que vive a sobrinha do Dr. Castro — disse Péricles.

— Não a veremos nunca mais. Foi uma inconsciência da minha parte vir aqui fazer esta figura triste. Quanto aos discípulos do Dr. Castro, aqueles lambe-botas que disputavam à cotovelada e ao encontrão os lugares ao lado do grande homem nas esplanadas... Também a esses duvido que lhes voltemos a pôr a vista em cima. Eles sabem que, à sua maneira, são elos de uma cadeia que conduz até a Mônica. Mostrarem-se em público seria um ato de temeridade.

Ao entrar em casa, Péricles ainda teve tempo de avistar o quadrado de luz, imediatamente extinto, da janela do outro lado da rua. Retirou o réptil de barro do bolso do impermeável, constatou com agrado que não sofrera com a chuva, colocou-o em cima da secretária. Ficou surpreendido quando verificou que tinha duas chamadas não atendidas de Madalena no telemóvel. Como já era tarde e não a queria acordar, limitou-se a enviar um correio eletrônico radiante de paixão, carinho e saudade.

Ficou a pé até quatro da madrugada, entretido a pesquisar na Internet fatos sobre cerâmica e mitologia das civilizações pré-colombianas. Convencera-se de que a estatueta do réptil tinha algo de maia ou de azteca. Encontrou mais motivos para reforçar esta convicção do que para a rejeitar. A massa de informação que chegava ao ecrã de computador dançava e descrevia nuvens rodopiantes diante dos seus olhos toldados. Dormiu um sono ligeiro, que uma rajada de vento ou o fluir de água num cano teria bastado para interromper.

No dia seguinte, chegou à escola mais cedo do que era seu costume. Na secretaria, consultou discretamente o horário de ocupação do laboratório de Química. Avançou um pretexto vago para pedir a chave do laboratório à auxiliar da função educativa, sorriu em silêncio à laia de resposta à estranheza natural de quem nunca tinha visto o professor de Matemática entrar naquela sala.

A estatueta do réptil apresentava, no dorso e na cauda, manchas minúsculas de um tom entre o vermelho e o castanho. Péricles fez uma raspagem cuidadosa, examinou demoradamente as amostras ao microscópio, tirou notas abundantes. Contemplou demoradamente o armário dos reagentes químicos. Talvez houvesse ali o necessário para averiguar da natureza daquelas manchas, mas os seus conhecimentos não chegavam para tanto e aproximava-se a hora da sua aula.

À vista desarmada, observou um pequeno orifício que perfurava a estatueta de lado a lado, à altura do pescoço. Obra de um berbequim de precisão ou de uma ferramenta manual? Teria o objeto servido de enfeite de colar?

Ao almoço, sentou-se ao lado da colega de História, da boca de quem uma vez ouvira comentários sobre mitologia (ou seria animismo ou xamanismo?), no meio de uma conversa desgarrada e sem sequência. Tentou dirigir a conversa para temas aparentados com esses, mas sem qualquer sombra de sucesso. Falou-se de revistas, de romances, de sabores de gelado, dos pioneiros do voo transatlântico, da descoberta da insulina, de Viseu, das Caldas da Rainha, de Ferreira do Zêzere, de computadores portáteis, de agricultura biológica, da constituição da República Portuguesa, de Geraldo Geraldes o Sem Pavor, de gengibre, de cardamomo, de noz-moscada, de Sérgio Godinho, de taxas de juro bonificadas. Péricles defendeu, com calor, alguns pontos de vista controversos sobre política fiscal e macroeconomia.

No corredor, Péricles avistou Martim ao longe, distraído e vergado sob o peso da mochila. Péricles fez-lhe um aceno discreto, provavelmente invisível.

Péricles reconheceu o envelope assim que abriu a caixa de correio. Sem selo, decerto entregue em mão. Abriu-o com o dedo enquanto subia as escadas.

> E ASSIM É. TUDO ESTRANHAMENTE NO SEU LUGAR. EIS POIS A TUA OBRA, MÔNICA. NÃO TE BASTOU RASGAR O VÉU DO UNIVERSO, QUISESTE ESFREGÁ-LO NO ROSTO DOS TEUS DESERDADOS. É TALVEZ UM DIREITO QUE TE ASSISTE, ASSIM COMO O DE SUBTRAIR À CIDADE A TUA CARA DE MENINA CARIDOSA. TINHAS TODAS AS CARTAS NA MÃO, PARA QUÊ FAZER *bluff*? UMA VÊNIA PARA TI, MÔNICA, UMA VÊNIA QUE TE PERSIGA E QUE TE VISITE COMO A CHUVA DOURADA DO MITO. ESTAMOS ESTRANHAMENTE QUITES. NÃO NOS DEVES SEJA O QUE FOR. DÍVIDAS E VÍNCULOS DE HONRA TAMBÉM DEFINHAM, COMO ANIMAIS OU FLORES. PARA QUÊ GUARDAR RANCOR? MEDO E CÓLERA SÃO DORAVANTE OS MEUS NOMES, MAS CÓLERA DIRIGIDA CONTRA O MUNDO E CONTRA MIM. NUNCA MAIS TE VEREI. NUNCA MAIS DEIXAREI ESTA CIDADE. GUARDA E ACARINHA OS TEUS MOTIVOS. DESPREZA O REMORSO. ESTOU BEM E RODEADO DE COISAS QUE PREZO, MÚSICA E MAÇÃS VERDES. LEMBRARES-TE DE MIM NÃO É IMPORTANTE.

Péricles deitou-se na cama, todo vestido, com a luz apagada. Finalmente percebeu, ao fim de meia vida, que a tensão da batalha e o apaziguamento podiam conviver no mesmo corpo.

No dia seguinte, ao regressar a casa, fatigado por causa de uma reunião de conselho pedagógico na qual muito se vociferara e pouco se adiantara na resolução de um problema espinhoso, Péricles foi surpreendido pela presença de uma mulher que dormitava sentada no chão, do lado de fora da porta. Era Mônica.

— Estaria capaz de apostar que ele tinha mudado a fechadura, mas afinal a minha chave ainda roda. Não te preocupes, não entrei. Não passou de descargo de consciência.

Mônica, em pessoa, instalada na cadeira de braços, contemplando o seu antigo apartamento.

— Gosto do que fizeste com a decoração. Eu nunca tive paciência para trocar bibelôs e gravuras de lugar, empiricamente, até chegar à solução óptima. O meu sentido da estética navega noutros mares, mais remotos e caprichosos.

Mônica, em quase tudo parecida com o retrato que dela fora construindo Péricles, das feições bem desenhadas à mão diminuta e delicada, de dedos curtos e fortes.

Mônica, satisfeita por poder partilhar o seu itinerário íntimo de lugares notáveis tondelenses, incluindo a confeitaria onde as bolas de Berlim eram mais fofas e ricas em açúcar do que nas outras confeitarias.

Mônica explicando os seus dissabores, com uma naturalidade que parecia impossível supor afetada:

— não se tratava de apostas clandestinas nem de roubo de cobre, mas sim de um pequeno negócio de venda de pastilhas de *ecstasy* aos frequentadores de discotecas locais; Mônica apenas se envolvera por interposta pessoa — no caso vertente o baterista de uma banda de versões *rockabilly* por quem se tomara de amores fugazes;

— o indivíduo que enviara as cartas anônimas pouco mais era do que um tarefeiro do grupo, uma criatura instável em quem lhes custava confiar;

— as referências a "aquilo que sabes", aparentemente tão ominosas, não passavam de fantasias;

— o pequeno animal de barro era uma relíquia de um episódio passado, que, por envolver uma terceira pessoa, ela preferia deixar na sombra.

Mônica dando largas a uma inesperada propensão para os mexericos:

— um dos vizinhos de cima, não o farmacêutico que lhe costumava levar os livros, mas sim o outro, tinha uma vez fugido com um crítico de vinhos muito famoso que até escrevia nos jornais; durante as três semanas em que estivera ausente, o colega de apartamento tocara incessantemente, num volume altíssimo, aquilo que parecia ser a obra integral de Jacques Brel;

— o vizinho de baixo fora condenado por desvio de fundos, com pena suspensa; nunca mais conseguira encontrar emprego depois desse episódio lamentável; não era apenas o seu coração débil que o afastava das pistas de dança;

— a cliente do cabeleireiro que a idolatrava a ponto de passar noites ao relento era uma somítica patológica que preferia arrecadar dinheiro, ou quando muito gastá-lo em bules de coleção que comprava no *ebay*, do que ajudar a única filha que estava seis meses atrasada na renda e à mercê de uma ação de despejo.

Mônica em fotografias de férias: no Partenon, no México, no palácio dos Gonzaga em Mântua, num mercado de Tânger...

Mônica que afinal detestava infusão de menta. A saqueta que deixara em casa era a última de uma caixa destinada a visitas.

Mônica sentada num banco rústico de madeira e verga, exprimindo desconforto perante uma certa tendência do jornalismo de opinião em Portugal: "Entregam-se a exercícios de retórica que assumem as roupagens digníssimas de estruturas lógicas mas, quando se vai a ver, não cabem na definição de dedução, nem sequer de indução; nem dão sinais de ousar algo de mais inovador do ponto de vista formal, como a abdução peirceana."

Mônica atenta aos desabafos de Péricles sobre o dia de trabalho, a desmotivação dos alunos, a sobranceria ou simples incompetência de alguns dos seus colegas, as intermináveis burocracias associadas ao processo de avaliação, o desgaste físico e anímico acumulado ao longo do ano letivo que agora terminava...

Mônica a jogar tênis: forte na aproximação à rede, mas traída por um *backhand* deficiente.

Toda uma cidade em mansa metamorfose para acolher Mônica, a evidência de Mônica, os trajetos de Mônica.

O ar entre as fachadas e o arvoredo, demasiado rarefeito para sustentar mistérios.

— Decidi voltar para esta casa quando te fores embora. Não me vejo a morar em mais nenhum lugar. Falei com o senhorio e ele está de acordo.

Péricles concordou com a cabeça, como se esse desenlace fosse o único possível. A voz de Mônica mal reverberava nas paredes.

Péricles despediu-se de Mônica numa tarde quente e seca que anunciava o Verão. O aperto de mão foi dado de olhos nos olhos. O rosto de Mônica era todo ele luz do sol, feições desenhadas num instante de perfeita nitidez.

No ano letivo seguinte, Péricles foi colocado em Vila Nova de Ourém. O seu grande receio, que era o de ficar demasiado longe de Coimbra para ver Madalena com regularidade, não se concretizou.

Nos fins-de-semana e feriados, Madalena conduzia o Fiat Punto para sul, ao encontro de Péricles. Faziam excursões de carro ou ficavam dentro de portas consoante o tempo e a disposição.

Péricles encontrou uma escola bem equipada e em que se vivia um espírito dinâmico e um ambiente propício a projetos educativos de qualidade.

Madalena e Péricles ganharam o hábito de seguirem uma qualquer estrada nacional ao deus-dará, pararem num sítio elevado com uma vista interessante e ficarem dentro do carro durante horas, encostados um ao outro. Por vezes dormitavam, com música a tocar baixinho. Acordavam à vez, pensavam nos acontecimentos do dia anterior ou no futuro, nas suas tonalidades de treva e luz.

Maio, 2011

Quarto escuro

A campainha da porta de casa soa como um zumbido doce, ou como um ronronar tranquilo de gato doméstico, um gato que ronrona amiúde, durante o dia e pela noite dentro. Não há hora para sair nem para entrar no grande apartamento que partilhamos, que abrimos a todos os nossos amigos e a todos aqueles que nos trazem a luz da sua presença e a melodia da sua conversa. A discussão, os risos e os argumentos transbordam da sala, por vezes para os quartos de cada um, invariavelmente para a varanda larga e longa que todos admiram e da qual se desfruta uma vista belíssima ("escabrosamente bela", disse alguém certa vez) sobre os telhados, ruas e janelas da Graça, sobre o horizonte urbano de Lisboa.

— Para que lado fica o Tejo? — quis saber a Inge, um cotovelo a roçar o murete, um copo de *Chablis* na mão. Indicamos-lhe a direção: algures por detrás daquela fachada, sem dúvida carregada de história e guardiã ciosa de existências apaixonadas.

— Este bairro merecia coisas a acontecer — proclamou, na sua voz potente, o Cristóvão. Metade do *vol-au-vent* de perdiz permanecia esquecida no prato que ele equilibrava no colo. — Agitação, histórias, uma movida, que sei eu!

— Quem te diz que as coisas não acontecem? — disse uma rapariga baixa e sardenta que eu nunca tinha visto. Faria parte da comunidade de leitores que a Vanessa frequentava? — Coisas surpreendentes, coisas capazes de virar o mundo do avesso e abalar consciências.

— Por detrás destas persianas inocentes — disse eu, com um floreado de mão dirigido aos prédios que a vista alcançava —, destes cortinados de renda? Tenho as minhas dúvidas.

Entra-se no nosso apartamento para um vestíbulo onde ninguém se demora mais do que é necessário para pendurar casacos e *écharpes*, abandonar guarda-chuvas num cilindro de latão pseudo-oriental. Percorre-se o corredor mal reparando nos quartos: o do Cristóvão, o da Inge e o da Maria Rosa, à esquerda; o meu, o do Emílio e o da Vanessa, à direita. O corredor é longo, estreito e despido; é para a sala que todos convergem, a sala enorme que espanta aqueles que a visitam pela primeira vez. O espanto tem a ver com a amplitude, mas também com a acústica, com a mobília, os objetos, a vista. A cozinha é pequena, mas cabem nela todos aqueles que forem precisos para ensaiar um petisco novo, abrir garrafas de vinho, continuar uma conversa boa de mais para ser deixada para uma ocasião futura que provavelmente nunca surgiria.

Uma conversa sobre livros, por exemplo. Todos se interessam pelos livros que os outros andam a ler. Pode passar-se um serão inteiro em redor de uma frase, de uma personagem, de uma releitura oportuna, de uma afinidade partilhada.

— Revisito Proust com muito prazer, mas abro uma excepção para *Sodoma e Gomorra* e *O Caminho de Guermantes*. Ao fim de duzentas ou trezentas páginas de vacuidade social, dá vontade de gritar que sim, que aquele meio é mesquinho e superficial até o tutano, para quê insistir mais?

— Concordo com a Inge. Noutros volumes, a profusão faz sentido e acrescenta alguma coisa. Aqui, não.

— Se bem que a *Albertine*...

— Mas justamente! A exaustão verbal, a exploração obsessiva da perda sentimental e da saudade...

— Não faria qualquer sentido uma *Albertine* sucinta.

— A *Recherche* foi sendo construída num movimento de expansão, desde o *Contre Sainte-Beuve* até a morte do autor na Rue Hamelin (e não no quarto forrado de cortiça do Boulevard Haussmann, como muitos pensam). É ocioso discutir se esta ou aquela parte resulta melhor. Faz parte da própria gênese da narrativa.

— E esse modo de acumulação de experiências é o que mais se adequa ao percurso do narrador, das sensações para os signos... Vocês sabem, sempre achei que o Deleuze tinha razão por um lado e não a tinha por outro. O que quero dizer é...

O Emílio calou o sussurro agitado da sua voz para deixar passar a Maria Rosa. A Maria Rosa vestia o seu eterno roupão de cor indefinida, gasto e encardido. Sem olhar para ninguém, sem uma palavra, dirigiu-se à cozinha e encheu um copo com água da torneira. Sorveu, mais do que bebeu, a água e pousou o copo depois de o lavar com cuidado. As olheiras confundiam-se com a maquilhagem esborratada (lágrimas)? Regressou ao quarto e fechou a porta, com um débil ruído de madeira contra madeira.

De forma inexplicável, o silêncio pesado fez ainda mais sumida a voz do Emílio: — Também é verdade que nada se compara àquela intensidade sinistra do barão de Charlus nas *Jeunes Filles en Fleur*, na praia e depois quando entra no quarto do narrador, com o pretexto de emprestar um livro de Bergotte. Sempre que releio essa parte, dou por mim a suster a respiração. O medo e o embaraço do narrador são também meus.

Passava das duas da madrugada. Ninguém parecia ter vontade de dispersar. Eu e um amigo do Cristóvão (indivíduo de olhar duro e porte sólido, poucas palavras – talvez militar?) improvisamos uma ceia: tostas integrais, boqueirões em vinagre, um resto de quiche de frango, papaia cortada aos cubos...

A Vanessa diz que a Maria Rosa nunca pisca os olhos. Nunca consegui ter a certeza se isso é verdade. Ora é a escassa luz do corredor, ora a madeixa de cabelo que lhe cobre os olhos, ou então o seu hábito de curvar a cabeça em ângulos estranhos.

∽

A Inge veio para Portugal meio para estudar arquitetura urbanística, meio para estar com um rapaz português. Conheceram-se quando ele estava a fazer Erasmus na Alemanha. O amor não durou, mas a Inge ficou. Agora anda com um repórter fotográfico. A relação parece sólida, mas a Inge tarda em ir viver com o seu repórter e deixa-se ficar no quarto da Graça, virado a sul. Não serei eu a censurá-la. O Emílio divide o tempo entre uns estudos de comunicação social e uns biscates de que não nos revela mais do que detalhes avulsos, quase sempre a roçar o escabroso ou o tragicômico. Todos gostamos muito do Emílio. O Cristóvão dá a impressão de estar sempre a falar de si próprio, mas quando vamos a ver é muito pouco o que sabemos sobre o seu passado. Conta-se que o pai fez fortuna na Bolsa e que lhe deixou uma quantia de onde ele tira um rendimento, modesto mas suficiente para pagar o quarto, a comida, os livros e as camisolas Pedro del Hierro. Conta-se que estudou para barítono. Aquilo que podemos todos constatar cotidianamente é que ele possui uma voz sonora e cheia, assim como a disposição para a usar muito amiúde. As suas palavras e as suas gargalhadas enchem a sala, reverberam, ganham calor quando ele cede às provocações maliciosas da Vanessa. A Vanessa é um encanto de pessoa e se há alguma coisa de misterioso nela não é certamente o seu passado: ninguém ignora o seu denso historial de desgostos e aventuras. Parece contente com um presente isento de sobressaltos em que as visitas, a comunidade de leitores, o convívio e as discussões se encadeiam como numa partitura.

Sobre a Maria Rosa ninguém sabe o que quer que seja. Fecha-se no seu quarto assim que chega a casa. Quando sai, vem apressada e sem vontade de falar. Há qualquer coisa no olhar e nos modos que nos desencoraja de lhe dirigirmos a palavra. O quarto da Maria Rosa é o mais pequeno de todos. A porta não abre mais do que uma vintena de centímetros porque bate na esquina da cama. Mais do que entrar ou sair do quarto, a Maria Rosa esgueira-se para dentro e para fora dele. Por um capricho arquitetônico, o quarto não tem janela. Sim, porque não me convenço a chamar "janela" àquele quadrilátero de vidro fosco que dá para um pátio interior a que não chega a luz do dia.

Só muito de vez em quando chegam visitas para a Maria Rosa. Não estou a contar com o Rafa, que se tornou presença assídua nos nossos serões, muito a meu pesar. Tal como sucede com os outros aspectos da sua vida, a relação da Maria Rosa com esta criatura tosca e impertinente é para nós um enigma.

Por exemplo, ainda na noite passada o Rafa estava sentado no canapé. Mergulhava a mão esquerda na tigela das sementes de girassol e a mão direita na tigela dos mirtilos revestidos de chocolate preto do Equador com 78% de cacau. Enchia a boca às mãos-cheias enquanto devotava toda a sua atenção à conversa. O Emílio expunha a um amigo do Cristóvão e à respectiva cara-metade a sua teoria sobre o que atrai e cativa o observador numa pintura.

— Tem a ver com a oposição figurativo/abstrato e não tem a ver. Pensemos em Pollock, Rothko. Há uma qualidade difícil de definir, uma ressonância com a época e os gostos mas que é também intemporal.

— Magritte e De Chirico envelhecem mais facilmente do que os abstratos.

— Voltamos sempre ao gosto inato pelas narrativas. Os expressionistas americanos, os suprematistas russos, sabiam deixar portas abertas para os respectivos universos estéticos, sob a forma de histórias, mitos, pouco importava.

— Pollock, o artista possuído pelo seu daimon, espezinhando e pintalgando a tela com álcool, tinta e suor pela madrugada dentro.

Haveria alguma dose de ironia no olhar do Rafa? Impossível dizer. À medida que a noite avançava, distraía-se e começava a percorrer a sala. O seu andar bamboleante era o de quem procura, sem verdadeiramente acreditar nisso, algo que rompa a couraça do tédio. O seu corpo vasto, invariavelmente vestido de cabedal preto, circulava entre os pequenos grupos de pessoas como um satélite maciço, abandonado à mercê das leis da Física. Saía para a varanda; o luar iluminava a sua longa cabeleira em desalinho.

Certas noites, ele sai abruptamente depois de acenar num gesto largo que não é dirigido a alguém em particular, em jeito de despedida.

Por vezes, abre a porta do quarto da Maria Rosa, repete o milagre de fazer passar o seu gabarito impressionante pela nesga de ar entre a porta e o lambril, fecha a porta atrás de si.

Segue-se o silêncio, ou um diálogo abafado pela acústica da casa; por vezes um queixume, só raramente um grito, nem sempre tão angustiado e dilacerante como daquela vez, naquela noite que mesmo sem o grito teria permanecido nas nossas memórias.

Será oportuno confrontar o Rafa, perguntar à Maria Rosa se podemos fazer alguma coisa por ela, insistir na nossa disponibilidade para ajudar?

O Emílio acha preferível evitar o conflito. Na sua opinião (que partilha connosco enquanto marca com o dedo a página da antologia de contos do John Cheever que anda a reler), a Maria Rosa seria perfeitamente capaz de pedir ajuda, se precisasse. Intrometer-se na vida alheia de forma leviana é uma das coisas mais detestáveis. Quem observa as coisas do lado de fora não está em condições de julgar. Mais vale deixar os acontecimentos seguirem o seu curso natural. Todos estes preceitos, articulados pela voz débil mas ricamente modulada do Emílio, irradiam sensatez. Só muito mais tarde, a meio da madrugada (o amigo de um amigo de alguém trouxe uma garrafa de conhaque sublime, à qual prestamos tributo unânime enquanto Antony & the Johnsons gemem na aparelhagem), o Emílio admite que deve dinheiro ao Rafa. Não uma fortuna, mas — adivinho — o suficiente para lhe pesar na consciência. Não passará o Rafa de um vulgar agiota? Dir-se-ia antes um faz-tudo, um indivíduo que vive de expedientes, sejam eles emprestar a juros, traficar drogas leves, consertar persianas ou fazer candonga de bilhetes de concertos. As histórias sobre o Rafa sucedem-se à medida que a primeira luz do dia se espalha pelo horizonte urbano, penetra devagar pelas janelas da sala. Nada disso, claro está, serve de justificação para ele molestar ou importunar a Maria Rosa. Mas será que o Rafa, de fato, a importuna? Algum de nós alguma vez se atreverá a meter conversa com ela? A Maria Rosa levanta-se cedo, dirige-se à cozinha evitando pisar os copos e livros deixados no chão, toma em silêncio o seu pequeno-almoço que é rápido e frugal.

~

Numa tarde de muito sol, encontrei a Vanessa sozinha na sala, sentada no chão, a comer um resto de *gratin dauphinois* em garfadas pequenas e lentas. A sua posição era a de entrega ao prazer gustativo ou aos sobressaltos da memória, cada um por sua vez ou misturando-se em cascata. Não queria interrompê-la, mas qualquer coisa na luz daquela tarde ou na cacofonia nervosa de ruídos urbanos predispunha-me para a conversa, além de que não era todos os dias que surgia uma ocasião para contrariar a relutância da Vanessa em revelar mais do que uma versão pasteurizada da sua extraordinária pessoa. Fingi procurar um CD, fingi hesitar entre a *Méditation pour le Carême* de Charpentier, pelo grupo Les Arts Florissants, com direção de William Christie, e as 9 *Lamentationes Hieremiae* de Lassus, pelo grupo La Chapelle Royale, com direção de Philippe Herreweghe. Quando a Vanessa falou, fê-lo como se as minhas delongas não passassem de uma expectativa, cheia de tato, relativamente ao que ela teria para dizer.

— Passei quase todo o dia a pensar em exemplos de teorias que sejam ao mesmo tempo conceptualmente simples, férteis e profundas. Há menos exemplos do que se julga.

— Não me ocorre nenhum — respondi, voltando-me para ela, um CD em cada mão. Tentei cruzar o meu olhar com o seu, mas em vão.

— Há por exemplo o heliocentrismo, a teoria ondulatória da luz, o utilitarismo... Tudo coisas que estão ao alcance do entendimento de uma criança perspicaz.

— As teorias da população de Malthus, talvez?

— Sem dúvida. Bem lembrado. Estava aqui a decidir se a noção de arbitrariedade do significante poderia entrar nesta categoria.

— Supor que Saussure poderia ser explicado com sucesso à tua "criança perspicaz" parece-me testar os limites do razoável.

— É menos abstrato do que julgas. Chega-se lá por meio de indução, exemplos...

Mas eu, de súbito, deixara de lhe prestar atenção. A luz do sol, entrando na sala num ângulo que só alguns fins de tarde do ano tornavam possível, iluminava agora a jorros o corredor, as portas abertas dos nossos quartos e a porta, fechada como sempre, do quarto da Rosa Maria. (O nome dela, viemos a saber, é Rosa Maria, e não Maria Rosa.) Distinguia-se, sobressaindo da madeira da porta, algo que me sobressaltara. A Vanessa não precisou de se voltar para trás para perceber.

— Está ali desde ontem — disse ela. — Ainda não tinhas visto?

— Aquele corredor costuma receber tão pouca luz que já me dou por feliz por não esbarrar contra as paredes.

— Vem, vou mostrar-te.

Deixou o prato no chão e conduziu-me pela mão, apesar de o percurso até ao quarto da Rosa Maria ser retilíneo e mensurável em palmos.

Na porta, à altura dos olhos de um homem adulto, via-se um círculo pintado com tinta cor-de-laranja. A tonalidade era forte, quase a resvalar para o vermelho.

— Nenhum de nós sabe o que isto quer dizer — disse a Vanessa. — Tínhamos esperança de que tu soubesses.

— Lamento defraudar-vos. Não faço a mais pequena ideia. O que pode isto querer dizer? Um círculo é um círculo.

— Eu acho sinistro. Faz-me lembrar narrativas bíblicas, o anjo exterminador, as portas das casas do povo escolhido aspergidas com sangue de animal. Um sinal.

— Um sinal não passa de ruído para quem não conhece o código.

— O que irá dizer disto a nossa senhoria? — perguntou a Vanessa, subitamente maliciosa, como perante uma travessura à qual se reconhece, mau grado a torpeza, um requintado travo cômico.

O ronrom da campainha interrompeu as nossas especulações. Eu sabia que os meus convidados só começariam a chegar daí a uma hora, na melhor das hipóteses, por isso adivinhei tratar-se dos convidados do Cristóvão. Todos eles conheciam a casa ou vinham com alguém que conhecia a casa; deixamos a porta aberta e o caminho livre para entrarem e fluírem para a sala. Quando acabei de arrumar as bebidas na geladeira e de dar destino a uma pilha de livros emprestados que alguém se lembrara de devolver, já as vozes e a música tinham tomado conta da sala. A aparelhagem debitava John Coltrane. Discutia-se um prémio internacional de arquitetura que tinha sido atribuído àquele que, entre os potenciais candidatos, menos o merecia.

~

A nossa senhoria é um encanto de pessoa. Visita regularmente o apartamento, não só para se inteirar das infiltrações e avarias nos eletrodomésticos, mas também e sobretudo para conversar, ficar a par do que nos inquieta, das nossas saúdes, dos rumores que correm pela vizinhança. Costuma demorar-se; na despensa há uma garrafa de Licor Beirão à qual só falta uma etiqueta com o seu nome. Preocupa-se connosco como se fosse nossa mãe.

Quando a nossa senhoria fala da Rosa Maria, a sua voz perde firmeza e desce um tom. Cheguei a suspeitar de que ela sabia mais acerca da Rosa Maria do que nós, que estaria a par de sei lá que segredo surpreendente e comprometedor. Estou agora convencido de que aquilo que a inquieta nesta inquilina tão especial é algo de difuso, um misto de impressões e de ignorância que pouco deve a certezas ou sequer a conjecturas. Nunca as vi na mesma sala: é sempre numa terceira pessoa solene e sombria que a nossa senhoria fala da Rosa Maria.

Quanto ao Rafa, já todos aprendemos a não proferir o seu nome à frente da nossa senhoria. Causa-lhe terror e asco. Não me surpreenderia se ela acabasse por lhe vedar a entrada na casa.

Não se pense que o Rafa é um facínora, um monstro reles que pavoneia um mau caráter dentro destas quatro paredes; não se pense que a Rosa Maria tem o hábito de causar escândalo por um sim e por um não. Perante um terceiro, é difícil descrever a Rosa Maria sem lhe conferir os contornos de criatura exemplar. A Rosa Maria é um inquilino-modelo. Não há memória de ela alguma vez ter deixado um pires sujo no lava-louça.

E porém aquela maneira de andar que se diria um vaguear fantasmático, com a cabeça ligeiramente inclinada para um dos lados, tão alheada de tudo como se fosse sonâmbula...

...os gritos noturnos, os sons de queda de objetos, as conversas intermináveis cujo rumor abafado nos chega através da porta fechada ou das paredes...

...as cartas com selos de países distantes, dirigidas à Rosa Maria, chegadas ao seu destino apesar dos erros no endereço escrito em letras garrafais, esborratadas pela água ou sabe-se lá que fluidos, ou numa caligrafia minúscula e intrincada...

Entretanto a noite avançara. Os convidados — coisa pouco vista — tinham-se juntado em grupos pequenos e bichanavam argumentos pró e contra com uma falta de convição que nem a hora tardia ajudava a explicar.

Eu estava na sala, sentado no chão, com o meu copo (uma *lambic* belga de framboesa) pousado junto a mim, a meia-distância de duas destas discussões amorfas e tépidas (erros recorrentes na avaliação do significado histórico do Futurismo italiano, excelência de uma encenação recente da ópera *Die Frau Ohne Schatten,* de Strauss). De onde me encontrava, conseguia ver o enfiamento do corredor principal do apartamento. A certa altura pareceu-me ver a porta do quarto da Rosa Maria a abrir-se. A dúvida sobre se se tratava de uma banal ilusão, potenciada pela fadiga e pela luz escassa, durou poucos momentos. Um, dois, três vultos de pequena estatura (crianças?) saíram do quarto, devagar e em silêncio. Seguiram-se mais dois, estes com o tamanho de homens adultos. Estavam todos vestidos de escuro, um cambiante soturno de cinzento que emergia com dificuldade das trevas do corredor. A Rosa

Maria mal apareceu: não mais do que um perfil e uma das mãos, através do espaço estreito entre o lambril e a porta, aberta até onde o permitiam a pequenez do quarto e a mobília. Houve abraços de despedida que tinham a solenidade de uma família enlutada. A Rosa Maria ficou a vê-los sair do apartamento, um por um.

No dia seguinte, ouvia-se um soluçar contínuo vindo do quarto da Rosa Maria que durou toda a manhã. Haveria motivos para nos preocuparmos com o seu bem-estar, a sua saúde? Se os havia, soçobravam em silêncio perante a segurança e a indiferença do Rafa, que entretanto chegara e se instalara no seu canto de sofá favorito, indiferente ao debate de uns amigos de amigos do Cristóvão (Bartók e o regionalismo na música, onde reside a fronteira entre guardiães de uma tradição e abutres culturais?), estudando criticamente os canapés e os cubos de autêntico queijo manchego espetados em palitos à sua frente. A sua postura, a sua maneira de se calar sabendo que voltaria a ser o centro das atenções assim que se resolvesse a tomar a palavra, eram a de quem se sente em casa.

A presença do Rafa tornava-se cada vez mais frequente. Pouco a pouco, passara de visita mais ou menos incômoda a indispensável. Quando não estava a servir de pronto-socorro informático ao Emílio (sistema operativo, partição do disco rígido, antivírus, bases de dados, instalação de periféricos, configuração de rede...) exercia as suas atividades de pequeno corretor (quem diria que a Vanessa apostava — nunca sem antes se entregar a prolongadas deliberações com o Rafa — no campeonato norte-americano de hóquei no gelo?), isto para não falar dos seus negócios menos lícitos ou menos confessáveis, resolvidos em locais mais recatados, isentos de ouvidos indiscretos. Entre uma e outra diligência, o Rafa encontrava tempo para socializar na sala. Era aí que se entregava a um diagnóstico benevolente sobre a ocupante do quarto mais escuro da casa.

— A Rosa Maria está bem e não precisa de aconselhamento. Sabe perfeitamente decidir pela própria cabeça o que é melhor para ela. Precisa apenas de estar sozinha durante uns tempos para refletir sobre a sua vida e sobre o que quer fazer com ela.

— Sempre foi dada a humores, mas não se deixa abater. Tem fibra. Verga mas não parte.

— É dona de um senso comum sem falhas. Nunca se deixa apanhar sem os dois pés bem assentes na terra. Quem me dera poder dizer o mesmo de mim próprio! Brutal, este queijo.

Quando passo ao Rafa um copo de *Riesling*, aquilo em que reparo é nas minúsculas partículas de tinta vermelho-alaranjado que permanecem visíveis nas unhas do seu polegar e indicador direitos.

～

Alguns dias depois, a Rosa Maria partiu. De um dia para o outro, deixamos de a ver ou de a ouvir. Os rumores noturnos que se escapavam das paredes do seu quarto cessaram por completo. A certeza final só surgiu quando a senhoria começou a trazer potenciais inquilinos para visitarem o quarto, homens e mulheres, jovens ou maduros, que chegavam, entravam no quarto com o sorriso expectante de quem descobre um espaço que pode vir a ser o seu durante meses ou anos, saíam com uma expressão inquieta e acossada, o olhar fugidio, minúsculas crispações nos dedos e na face.

As cartas com selos de nações exóticas deixaram de aparecer na caixa de correio.

A Rosa Maria não deixou nada atrás de si: nem um bilhete, nem haveres pessoais. Nada a não ser um iogurte com pedaços, cujo prazo em breve expirou.

A porta do quarto da Rosa Maria estava aberta. Bastava empurrá-la para entrar. Nunca algum de nós entrara naquele quarto, continuávamos relutantes em fazê-lo, como que fiéis a um acordo sem palavras, a um consenso sobre o que era adequado e o que era escabroso.

Esse acordo sem palavras foi rompido em silêncio, talvez por ignorância, pela Inge, que numa tarde de muita chuva empurrou a porta do quarto da Rosa Maria até onde pôde e penetrou no interior.

Fui o único que a viu sair do quarto da Rosa Maria. Tenho a certeza absoluta disso. Ela não permanecera no quarto mais do que alguns minutos. Pensei que se iria dirigir para a sala para contar a experiência, mas afinal entrou no próprio quarto, sem olhar para trás. O tempo corria, eu sentia-me incapaz de ler ou ouvir música ou de me concentrar no que quer que fosse. Combati a tentação de bater à porta do quarto da Inge. Quando a tentação ameaçava levar a melhor, a Inge saiu do quarto vestida para sair. Levantei-me do sofá assim que ouvi a porta do apartamento bater. Saí também, galguei as escadas, avistei a Inge no cimo da rua. Segui-a com precaução, mantendo entre nós a distância adequada a um perseguidor que conhece o perseguido. Estranhei a luz do dia, os aguaceiros esparsos no meu rosto nu. A Inge entrou num autocarro, corri para o apanhar. Agora a Inge está sentada de costas para mim. Não me resta mais do que contorná-la por trás, sentar-me no lugar livre à frente dela, olhá-la bem nos olhos. Partilhar o que neles houver para partilhar. Não é um abismo, não passam dos olhos verdes de uma pessoa.

Abril, 2011

Quem anda a comer do meu prato?

Quem anda a comer do meu prato?
O prato é côncavo, faz lembrar uma malga. Deixo-o lavado e arrumado no armário durante a noite. Foram já três as vezes em que o encontrei, de manhã cedo, em cima da mesa de madeira rústica da cozinha com restos de comida dentro (o meu lanche ou jantar da véspera, subtraídos à geladeira) e uma colher pousada ao lado, como se abandonada por alguém sem pressa nem reais motivos para permanecer depois da refeição clandestina.

O apartamento é pequeno, não mais do que um quarto que serve também de sala de estar, a cozinha e uma casa de banho minúscula. Recordo-me, com nitidez insólita, do dia em que o visitei pela primeira vez. Na sua voz arrastada, a senhoria parecia exprimir assombro e reticência, como se arrendar aquele T1 sombrio e silencioso fosse um ato de suprema insanidade. A minha primeira sensação foi a de que bastava abrir os braços para o abarcar de uma extremidade à outra. A janela do quarto dá para um largo, um dos mais concorridos da parte antiga de Rueil-Malmaison. De noite, há três esplanadas que ficam abertas até tarde. As vozes fundem-se num único sussurro, que chega ao meu segundo andar mudado em marulhar.

Quem será que entra em minha casa durante o meu repouso? Quando dei pela falta do resto de uma talhada de melão, cheguei a acreditar numa distração minha. Seguiu-se, dias mais tarde, um resto de *quiche lorraine* que de uma largura de quatro dedos passou para dois dedos; agora foi a tigela com maçã *granny smith* misturada com leite condensado (não resisto ao casamento dos sabores doce e ácido) que se esvaziou de um dia para o outro. Desta vez, o visitante levou a sua desenvoltura ao ponto de folhear um número antigo do *Nouvel Observateur* esquecido em cima da geladeira e até de começar a resolver o problema de palavras cruzadas. O três vertical ("estado de seca" = "siccité") era particularmente obscuro.

A relação que chegou ao fim no dia 16 de Maio marcou o encerramento de uma fase da minha vida. Foi deliberado; eu quis que fosse assim. A situação (não só a lamentável cena de ruptura em pleno Jardim do Luxemburgo, mas sobretudo o contexto em que ocorreu) pedia uma clivagem, uma solução de continuidade nítida. A página foi virada, arrancada, guardada num álbum para ser recordada mais tarde, quando o tempo tiver cumprido o papel de artesão meticuloso que as más metáforas lhe atribuem. Sair de Paris e vir viver para os arredores foi apenas uma das componentes dessa necessidade de mudança, nem sequer a mais urgente. A minha amiga Manon, que eu recordo luminosa num café do Boulevard des Batignolles, deixou-me três recomendações para ultrapassar este hiato emocional na minha vida: nunca desdenhar da companhia das pessoas; não dar crédito a adágios sobre a felicidade e o amor; preservar a minha intimidade sem deixar de me abrir ao inesperado e ao acidental. (O cabelo dela, penteado à pagem e favorecido pelo sol poente, ganhava o direito a ser comparado a uma auréola enquanto ela falava.) É decerto o terceiro conselho, o da intimidade, por mim interpretado à letra, que me leva a deixar a porta fechada apenas no trinco e escancaradas todas as janelas. Não receio intrusos nem salteadores. Os objetos com valor venal que guardo comigo fariam fraca figura no balcão de um hipotético prestamista. Quando alguém bate à minha porta, cumprimento e convido a entrar. As gentes de Rueil-Malmaison têm fibra moral e gostam de sorrir. Custa-me acreditar que alguém seja capaz de devassar a minha cozinha e a minha mesa de madeira rústica.

Para quê esconder dos outros o que se está a passar? Fui contando tudo a todos aqueles com quem me cruzava, com detalhes e cronologia. As reações oscilaram entre a incredulidade, a preocupação e a indiferença. Houve quem acreditasse num embuste da minha parte e houve quem me pedisse a receita da *quiche lorraine*. Não sei se as minhas atribulações são objeto de debate no mercado local, mas é certo que poucos serão aqueles, nas redondezas, que ignoram as incursões noturnas nos meus trinta e cinco metros quadrados de área útil.

A Manon, que me fez uma visita no sábado passado, sugeriu o estratagema seguinte: espalhar uma camada fina de farinha de trigo no chão da cozinha antes de me ir deitar. Em caso de nova visita, os traços do intruso serão visíveis de madrugada. Eu argumentei que o intruso, quer eu queira quer não, deixa sempre sinais em evidência (comida em falta, prato e talher sujo, revista folheada) e que não faço questão de ficar a saber se calça 43 ou 44. A Manon (que trazia uma blusa cinzenta que não lhe assentava bem nos ombros quase perfeitos) soltou uma gargalhada franca, impossível de simular, e pousou a mão no meu braço. Achou-me mais magra. Devolveu-me um livro de que eu já me esquecera.

Uma das minhas colegas do curso de fotografia, a Gwenaëlle, pediu para subir a minha casa. Triunfante, e com modos de anfitriã com algo para demonstrar, apontou na direção de uma ourivesaria que se avista da janela do quarto.

— Com um bocadinho de sorte, aquela câmara de vigilância apanha a janela do teu quarto no seu ângulo de visão. Com mais uma migalhinha de sorte, o teu clandestino terá sido filmado em flagrante delito de invasão de propriedade privada e sem dúvida numa pose digna da idade de ouro do burlesco, tendo em conta o grau de dificuldade da ascensão.

— Em primeiro lugar, tudo me leva a crer que ele entra pela cozinha, que dá para uma rua estreita e sem comércio. Em segundo lugar, por que vias sinuosas viriam ter às minhas mãos os registos videográficos das suas escaladas, admitindo que existem?

— Talvez eu conheça alguém que talvez te possa ajudar. Eram demasiados "talvezes" para o meu paladar, mas seria embaraçoso não esgotar todas as hipóteses para obter uma resposta para a pergunta que eu trazia nos lábios, tão insistente que eu quase a imaginava suspensa sobre a minha cabeça dentro de um gracioso balão. Nessa mesma tarde, recebi um sms com um local, uma data, uma hora e um nome. O nome era "Jéremy".

Se eu ainda hesitava em encontrar-me com ele, o que aconteceu nessa noite fez-me decidir. Ao regressar de um encontro de amigos em Paris (Rue des Lombards, clube de jazz, excelente ambiente mas música sofrível), já com a madrugada a meio, deparei com sinais óbvios de uma nova intrusão. Desta vez, não faltava comida. Em vez disso: colcha desalinhada, uma concavidade no meu colchão com a forma de uma pessoa adulta deitada em posição supina e ainda (pormenor desconcertante!) uma mão cheia de penas brancas de ave espalhadas pela cama, pelo chão do quarto e pela mesa de cabeceira. Pareceram-me penas de cisne. Não tinham o aspeto definhado de coisas guardadas numa gaveta anos a fio. Algumas das hastes estavam quebradas, como se as penas tivessem sido arrancadas com violência.

Concluí desta quarta intrusão que o meu visitante não nutria particular apego pela lógica ternária que costuma ditar leis nas histórias e fábulas. Tanto melhor. Os padrões tecidos pela tradição têm algo de iníquo, de pegajoso. O mundo é feito de contingência. Para distrair a mente, fiz uma tarte *tatin* com toda a concentração de que fui capaz. Segui a receita à risca. Não provei imediatamente porque é preciso deixar arrefecer.

O Jérémy era um homem largo de corpo, rosto plácido e risonho, patilhas crescidas, cabelo ondulado pelos ombros. Disse-me que acabara de se sentar à mesa do café e que já pedira uma água com gás. Pedi a mesma coisa. A minha colega pusera-o ao corrente da situação, que parecia diverti-lo moderadamente. Quis saber o que eu fazia na vida, sem poder adivinhar que a resposta seria necessariamente longa e dividida em categorias: a profissão que eu deixara de exercer (assistente numa galeria de arte em Paris), os biscates como consultora científica numa enciclopédia sobre insetos, o curso de fotografia, o passatempo (oboé) a que eu me entregava por conta própria, a independência financeira que só muito de longe em longe requeria a assistência do meu pai, a gozar a reforma em Tours e com demasiadas dores de cabeça por culpa do inútil do meu irmão. O Jérémy contou-me que era técnico de som no Canal +. As suas mãos intrigaram-me: dedos robustos de quem exerce um ofício manual, mas com uma delicadeza de movimentos (segurar o copo, escrever na agenda, dobrar um guardanapo de papel) própria de um instrumentista. Sem dar por isso, pus-me a inventar um passado para aquelas mãos.

O interesse que o Jérémy demonstrou pelo meu caso excedia os serviços mínimos da civilidade. Levou o zelo ao ponto de avançar com hipóteses. Poderia o intruso ser o meu ex-namorado? A ideia era pertinente, mas pouco plausível por duas razões: 1) não fazia o gênero do Yvan deslocar-se aos subúrbios para me assediar, e 2) ele detestava a minha *quiche lorraine*. E no entanto, a imagem do Yvan empoleirado no parapeito da minha janela, o seu corpo sedentário em equilíbrio enquanto contemplava o meu corpo em repouso enfiado numa camisa de noite, o seu espírito assaltado por sabe-se lá que guinadas de arrependimento e nostalgia, surgiram-me com a nitidez da realidade.

Já em minha casa (o Jérémy aceitou o convite sem pestanejar, subiu as escadas estreitas com o passo demorado de quem abandona o corpo às contingências da arquitetura sem, no íntimo, se dar por vencido), servi-lhe uma porção de tarte *tatin*. As suas palavras elogiosas foram contrariadas por um contorcer de feições que denunciou acidez excessiva. Eu sabia que deveria ter deixado as maçãs amadurecer mais quarenta e oito horas, no mínimo. Está tudo nos detalhes: escaldar o bule, golpear o dente de alho com a parte plana da faca, deitar umas gotas de vinagre na água de escalfar o ovo. Está tudo nos detalhes. Ninguém o ignora e contudo quase ninguém age em função dessa certeza.

Mostrei-lhe o algeroz que podia ter servido para facilitar a ascensão. Apontei os sítios onde a tinta parece lascada, quem sabe se arrancada por unhas de dedos em movimento de preensão. O Jérémy fez que sim com a cabeça.

Mal se falou em câmaras de vigilância. O Jérémy disse que não podia prometer nada e que me iria ligar em breve.

Numa aula do curso de fotografia, passamos uma hora inteira a estudar uma única fotografia. A fotografia representava uma multidão a fazer um piquenique ao sol, naquilo que parecia ser um relvado em declive, provavelmente um parque de merendas. Penteados e fatos-de-banho (seria a margem de um rio?) remetiam para os anos 20 ou 30. O ano poderia ser o de 1936: Frente Popular, primeiras férias pagas para milhões de franceses, etc. No entanto, não se discutiu o enquadramento histórico ou sociológico. A instrutora chamou a nossa atenção para a maneira como a disposição dos pares, das famílias, dos grupos, dos veraneantes solitários, assim como os olhares dirigidos para os vizinhos mais ou menos distantes ou mesmo para a câmara e os gestos, casuais e práticos na aparência mas aqui e ali assumindo uma rigidez próxima da pose, compunham um quadro de naturalidade estudada, encenada, uma elaborada negação da própria essência da reportagem fotográfica. O trabalho do fotógrafo inseria-se nas dinâmicas de questionamento do real que caracterizaram as primeiras décadas do século xx, embora se tratasse de um exemplo que levou o refinamento formal a extremos raros. Virando-se para mim, a Gwenaëlle mostrou uma careta de enfado, risonha e exagerada. Uma hora mais tarde, sentada à mesa da minha cozinha com uma chávena de chá verde aromatizado com menta, dava largas ao riso e à frustração, jurava a pés juntos que não voltaria ao curso, enumerava as maneiras de passar o tempo mais frutuosas do que aquela. Perguntou-me como correra o encontro com o Jérémy. Quando a conversa quebrou, vi-a percorrer as paredes com o olhar, como se procurasse os sintomas do espaço devassado. Eu já notara que, à medida que as notícias se espalhavam, as visitas entravam em minha casa como que receando tornarem-se cúmplices de intrusão.

Deitada, de noite, à espera do sono, eu passava o tempo a explorar o retângulo de mundo delimitado pela janela. O céu noturno, as estrelas tão mais brilhantes do que em Paris, a Lua na fase prevista pelo almanaque, fragmentos de fachadas e telhados.

O Jérémy telefonou-me para me convidar a acompanhá-lo numa visita que ele iria fazer a um amigo de infância no fim-de-semana seguinte. Eu já tinha planos com a Gwenaëlle, mas o Jérémy disse-me para a trazer. Concordei, sem prestar atenção aos detalhes. Pontual, o Jérémy veio buscar-nos no sábado de manhã no seu Renault Clio. Não evitei uma exclamação de surpresa quando soube que a casa do amigo do Jérémy ficava em Fécamp. Fécamp! Adoro a Normandia e nunca vou lá sem dar por deliciosamente bem empregue o meu tempo, mas não estava preparada para uma excursão tão longa. Conformei-me, satisfeita com a companhia e ciente de não ter qualquer compromisso ou obstáculo que servisse de desculpa para desistir, ainda que o desejasse. Falou-se pouco durante o trajeto. Mais ou menos a meio, e após alguns rodeios exasperantes, o Jérémy pediu indulgência antecipada para o amigo (chamava-se Stéphane), que estaria a atravessar um período difícil e era dado a flutuações de humor imprevisíveis. Bizarramente, depois deste apelo sombrio a conversa ganhou fluidez. A Gwenaëlle e eu falamos sobre fotografia, o Jérémy contou histórias refrescantes sobre acidentes em rodagens de séries e telefilmes onde trabalhara. Por culpa do trânsito, fizemos uma média deplorável: só chegamos a Fécamp ao final da tarde.

A casa do Stéphane mereceria ser designada por "mansão", ou por um seu sinônimo que sugerisse grandiosidade, e estava inserida num terreno vasto a que não faltavam estufas, barracões vários, campos de tênis e jardim ao estilo do Rei-Sol. Viam-se já numerosas viaturas estacionadas à toa, conforme calhava. Assim que chegamos, apercebemo-nos de um alvoroço que fazia as pessoas circular numa roda-viva nervosa e anárquica. Ninguém prestou a mínima atenção ao trio de recém-chegados. Dispersamo-nos em busca de informação, feitos ave urbana à cata de migalhas. A luz declinava, como uma confirmação de que o Verão caminhava para o seu fim. Sem dúvida apiedado do meu aspecto desamparado, partícula livre num oceano de propósito, um rapaz aproximou-se de mim. Era magro e mais alto do que baixo; tinha o cabelo castanho separado a meio, de uma maneira que já não se usa.

— O dono desta casa tem sete gatos persas, premiados em exposições. Um deles está perdido. Ninguém lhe põe a vista em cima desde manhã. Chamo-me Éric.

Que fazer senão juntar-me à busca? Percorri a propriedade de lés a lés, sozinha ou integrada em pequenos grupos que se formavam e desfaziam ao sabor do acaso e de novos palpites sobre o destino natural de um bichano àquelas horas e naquelas circunstâncias. Quando a noite caiu de vez, surgiram lanternas e até uma tocha improvisada. Corpos roçavam-se na escuridão, ouviam-se chamamentos ríspidos e frases entrecortadas. Alguém alertou para as víboras. Um casal sentara-se debaixo de um pessegueiro, os beijos confundiam-se com as dentadas na polpa dos pêssegos.

A certa altura, gritos de triunfo sobrepuseram-se àquela paisagem sonora sobre fundo de treva. Encontrei às apalpadelas o caminho na direção de um círculo que se formara, no centro do qual estava o Éric. No colo dele, iluminado por meia dúzia de telemóveis, estava uma bola de pêlo castanho de onde sobressaíam dois olhos assustados e um focinho achatado. O Éric acariciava-o docemente. À luz medíocre dos pequenos visores de cristais líquidos, vi que as unhas do Éric estavam lascadas de fresco; nem roídas nem gastas, mas sim partidas e falhadas como por uma superfície abrasiva. Lembrei-me, com um pequeno sobressalto, do meu algeroz, lembrei-me do meu parapeito de madeira áspera e por pintar. O Éric murmurava qualquer coisa sobre o barracão de ferramentas onde encontrara o gato, um lugar "tão sossegado que nenhum inimigo do alarido acharia imperdoável a escapadela", e sobre a parábola do filho pródigo.

Mais tarde, na mansão, a festa (porque era disso que se tratava, embora eu ignorasse qual era a ocasião que se celebrava) decorria animada. Comia-se e bebia-se, escutava-se música, conversava-se com o calor adequado a pessoas de convicções firmes mas largas de espírito. Com o copo numa mão, um prato de plástico com acepipes na outra (fiz uma nota mental para pedir a receita daquela *tapenade*), eu procurava com o olhar o Stéphane, anfitrião e felinófilo emérito, que até aí apenas me fora apontado à distância. Acabei por avistá-lo de uma varanda. Ele estava no exterior, encostado a um ângulo de fachada mal iluminado, na companhia do Jérémy. Julgavam-se sem dúvida fora do alcance de ouvidos de terceiros. O Jérémy amparava o Stéphane pelos ombros. A noite era profunda e opaca.

— Compreendes o que isto significa?

— Isto significa o fim, Stéphane. Mas o que esperavas, afinal? Não era por isto que todos esperávamos?

— Não é apenas o fim. É o fim de tudo. O fim do fim.

Um pouco mais tarde, o Éric arrancou-me a um transiente turbilhão de brindes e dialética e quase me arrastou pelo braço para outra sala. "Aqui discute-se arte e reclamam a galerista", disse ele. (Com efeito, em cada divisão falava-se de um tema diferente.) Como saberia ele que eu tinha trabalhado numa galeria? Ou teria sido eu a revelar-lho, sem querer? Sentei-me no centro de um círculo (era mais fácil sentar-me no centro do que alargar o círculo) dominado por um homem muito alto e ruivo, que falava com sotaque alemão e voz de barítono. Visto de longe, ou com a atenção dividida, pareceria um adolescente, mas os olhos e o discurso traziam atrás o seu lastro de anos vividos. Expus as minhas objeções sacrílegas sobre Poussin, exaltei heróis pessoais como Rouault, Daumier, Ensor (este atravessa um período de desconsideração crítica, ao que consta) e, claro, Gustave Courbet.

Ainda mais tarde, noutro local e com menos luz:

— O que nos impede de irmos a Londres, amanhã mesmo, só para ver essa natureza-morta de que falaste? Nada nos impede. Podemos não ir, mas que seja por uma boa razão e não por termos o livre-arbítrio tolhido.

Chamava-se Conrad, era austríaco, pintava, tinha um estúdio em Bobigny.

Apanhamos uma carona e um táxi até o aeroporto de Roissy, um voo matinal até Londres. Na National Gallery, a *Natureza-Morta com Maçãs e Romã,* de Courbet, recompensou-nos com as suas tonalidades vivas, insolentes, honestas. Tão ricas! Tão poderosas!

Porto, agosto de 2011.

Sul

O bom senso diz que o exílio deve ser à medida da profundidade da queda. Não foi o bom senso, mas sim a urgência e o acaso que me transportaram para longe de Portugal e do "cenário funesto" do solar do Peso da Régua, através do Atlântico, num trajeto que foi segmento de reta cuja extremidade era agora uma taberna de Buenos Aires onde eu estava sentado, tonto de fadiga, com um copo vazio de cerveja diante de mim.

Tinha lugar reservado no paquete que iria largar no dia seguinte, rumo a sul. Não tinha destino final. Perder-me nos confins remotos da Terra do Fogo era algo que convinha ao meu estado de espírito torturado pelo remorso e pelo espectro da oportunidade perdida. Tencionava ocupar as horas que me separavam do anoitecer com bebida e conversas ocasionais, na taberna que eu escolhera com a mesma confiança na bondade do acaso com que iria escolher uma pensão para pernoitar. A segunda cerveja tardava em chegar. O proprietário, um homem de idade de rosto largo e rosado, ornado por uma barba branca e rala, dedicava a atenção a tudo menos a satisfazer o meu pedido. Tive tempo para passear os olhos pela sala acanhada: calendários de futebol, bibelôs, uns quantos troféus tão vetustos que um observador crédulo poderia pensar tratar-se do próprio Santo Graal. O único cliente que partilhava o espaço comigo era um sujeito de grande porte que esquecera a sua bebida para se concentrar na leitura de uma carta. A julgar pela expressão, mais do que as notícias transmitidas pela carta, devastava-o o poder de que umas quantas linhas garatujadas dispõem para mudar vidas e espalhar infelicidade.

A luz entrava pelas traseiras da sala através de uma porta escancarada. Olhando nessa direção, julguei distinguir vegetação, o cinzento da pedra, o vermelho do tijolo e uma nesga de céu. Rodei o tronco, aproximei a cadeira; percebi que se tratava de um pequeno jardim interior, do qual, na posição onde me encontrava, não avistava mais do que uma parcela. Assim que fui capaz de perceber a disposição dos seus elementos, aquele jardim começou a despertar em mim uma sensação de familiaridade potente e incômoda. É provável que a minha boca se tenha entreaberto de estupefação; não ousei avançar para a porta, preencher o meu campo de visão com o resto do jardim.

Olhei em redor. O patrão não estava à vista. Dirigi-me ao único ocupante da sala, o compungido leitor da carta que as aparências sugeriam conter notícias tão lamentáveis.

— É a primeira vez na minha vida que venho a este sítio — comecei, numa voz que me soou bem mais grave do que queria — , e contudo posso garantir-lhe que, mesmo às cegas, seria capaz de me orientar naquele jardinzito interior que se vê daqui, de identificar detalhes, acidentes do terreno e da arquitetura, espécies vegetais, tudo isto sem hesitar e sem precisar de usar o sentido da visão. Também o poderia descrever até o mais ínfimo detalhe: o formato retangular, mas com o lado sul um tudo-nada mais curto; o chão de terra; o tanque no meio, em forma de rosácea e coberto de limos; os canteiros nos vértices do retângulo, plantados com rosas, gerânios, jacintos e gladíolos; a galeria que corre ao longo da aresta norte, com bancos embutidos demasiado baixos e estreitos para um adulto; a única porta que dá para o edifício principal, baixa e em ogiva, a meio da galeria. Nunca pisei aquele jardim mas passei horas, tardes, dir-se-ia toda uma vida num jardim idêntico, na terra onde cresci, noutra cidade, noutro hemisfério.

Juntar o ato à bravata pareceu-me a coisa mais natural, e aquela que se impunha aos olhos do meu único ouvinte, por sinal mediocremente interessado no meu discurso. Improvisei uma venda com uma esteira de ráfia macia que estava pousada numa das mesas, cobri os olhos, dirigi-me às apalpadelas para a porta das traseiras.

O sol na nuca e a terra batida debaixo dos meus pés indicaram-me que estava no jardim.

Pelo cheiro e pelo toque, fui avançando.

Senti a frescura húmida do mármore do tanque, cheirei as rosas, sentei-me a custo no banco estreito e baixo.

Esgravatei a terra dos quatro canteiros, um por um, reconheci o aroma das flores, cada espécie associada ao seu ponto colateral.

Recordava-me de que um dos azulejos do friso da galeria estava quebrado — percorri-os todos com os dedos, um a um, até o encontrar. Lembrei-me de um dia de chuva, do piano vertical, da inépcia dos homens que se encarregavam do seu transporte para dentro da casa, de um ângulo demasiado fechado, do som da madeira contra a faiança.

De acordo com as minhas recordações, estava agora frente à porta. Avancei, sem hesitar. Precisava de me baixar cerca de cinco centímetros e de ter cuidado com os degraus, que começavam sem aviso, e com a subida sem corrimão.

Comecei a subir, muito devagar. Senti a queda abrupta na temperatura. Esquecera-me já de como aquela casa parecia possuir o seu clima próprio: sufocante no Verão, dada a correntes de ar glaciais no Inverno.

Com as costas da mão, senti o relevo do friso de ladrilhos que acompanhava a subida, e que eu sabia serem brancos e azuis.

Não contei os degraus, mas soube que chegara ao último sem precisar de sondar o patamar com a planta do pé. Encontrava-me, pois, no corredor. Desembaracei-me da minha venda improvisada; os meus olhos acusaram pouca diferença entre a treva imposta voluntariamente e a penumbra em que estava imerso aquele corredor, mal servido por janelas altas, pequenas e pouco numerosas.

À minha direita havia portas de quartos. Fechadas. Não se ouvia um único rumor na casa. A hora da sesta era cumprida com um rigor quase marcial. Girei a maçaneta da primeira porta, entrei de mansinho. Esperei até que os meus olhos se habituassem à escuridão. Secretária, cadeira, roupeiro, pequena estante, duas camas: uma feita, outra desfeita e ocupada. Deitei-me na cama vazia. O sono abatia-se sobre mim com o peso de uma fatalidade histórica, de uma verdade óbvia e conhecida de todos. Adormeci assim que senti na face a textura suave da almofada, no corpo a firmeza familiar e acolhedora do colchão.

Quanto tempo dormi? Não sei dizer. Não tinha um relógio comigo. O sol não penetrava pelas persianas cerradas. Alguém se debruçava sobre mim, um rosto cujas feições venciam o escuro fitava-me, julgando-me ainda a dormir. O medo sucedeu à surpresa nesse rosto; ao medo sucedeu algo semelhante à resignação perante o fato consumado, ao alívio da habituação. O rosto era jovem e feminino, enquadrado por cabelo cortado curto atrás, crescido em cima, caindo em caracóis largos. Os olhos eram grandes e rodeados por uma sombra perpétua, os lábios assimétricos e expressivos, as orelhas pequeníssimas e levemente salientes, o queixo curto mas bem recortado.

Lucrecia. A minha irmã.

"Lucrecia." O nome da minha irmã morta subiu-me aos lábios assombrados num impulso de reconhecimento, de identificação com aquele rosto que a tensão abandonara. Agora, uso-o como um qualquer estratagema narrativo, sem escrúpulos de autenticidade; naquele momento, "Lucrecia" foi uma evidência que se impôs com a força das coisas do mundo. A minha irmã (portanto) sacudiu-me pelo ombro, com a brusquidão necessária para dissipar sonhos e visões capciosas. Ergui-me e abracei-a. Entre lágrimas, ela também me tratou por irmão. Chamava-me "Silvio", que não é o meu nome, mas abraçava-me como a um irmão perdido há muito ou em vias de se perder. Evitamos falar, saboreamos este desleixo do tempo e da sorte nos braços um do outro. Os soluços de Lucrecia foram-se espaçando, cessaram.

— Silvio, contigo agora em casa tudo vai ser diferente.

Explicações sobre este "tudo" tiveram de ficar para mais tarde. Após consultar o despertador que estava sobre a mesa-de-cabeceira, Lucrecia levantou-se de um salto e puxou-me pelo pulso para fora do quarto. Entramos num outro quarto do outro lado do corredor. A um canto havia um roupeiro, cujas portas Lucrecia abriu de par em par. Para minha surpresa, encontrei dentro dele uma quantidade extraordinária de roupa exatamente à minha medida: camisas, casacos, calças e meias, tudo em preto, branco e gradações de cinzento.

— O jantar começa dentro de 10 minutos — disse Lucrecia, saindo.
— Não te atrases.

Mudei de roupa com a maior rapidez que me foi possível. Não tive dificuldades em me orientar pelos corredores sombrios da casa. Descia-se uma escadaria, atravessava-se uma saleta mal mobilada mas repleta de quadros de antepassados, antes de se chegar à sala de jantar. Fui o último dos convivas a chegar. Lucrecia tivera tempo de anunciar a necessidade de mais um prato e um talher. Sorri polidamente, saudei quase sem mover os lábios, sentei-me.

Ao meu lado direito estava Lucrecia, vestida agora com uma adorável blusa branca debruada a azul-marinho. Piscou-me o olho para me encorajar. Estava bela, estava radiante, enchia a sala.

Nos topos da mesa, o pai e a mãe de Lucrecia. A presença de um convidado inesperado não suscitou neles qualquer surpresa. Fitavam-me de forma intermitente, com mais cortesia do que interesse.

À minha frente, um homem de idade, rotundo e falador, e uma mulher entre a juventude e a maturidade, que pouco comeu e nada disse durante a refeição.

Comeu-se esplendidamente. Havia *consommé*, truta no forno e pudim de laranja. Estranhei o fato de não se beber nada a não ser água. Por uma janela aberta, escutava-se o canto ininterrupto de um grilo, ouviam-se as vozes altas e arrogantes daqueles que escolhem a noite para sair e mostrar ao mundo que estão vivos, são belos e ardem em vontade de triunfar.

Recusei o café, despedi-me e subi com Lucrecia. Senti-me seguido por vários olhares de estima e benevolência.

Deitados no quarto dela, cada um na sua cama e agora com todo o tempo à nossa frente (ou pelo menos o tempo daquela noite, sem luar mas povoada de gritos e imprecações), entregamo-nos, à falta de explicações, às recordações comuns, com a sinceridade e o ímpeto de quem receia ou sabe ser inevitável uma separação próxima. As frases que saíam da boca de Lucrecia eram cadenciadas pela aflição, mas também pelo alívio próprio de quem encontrou um confidente. O tom neutro que imprimia às suas revelações não disfarçava a saturação de angústia e dúvida.

Lucrecia falou-me dos seus pais e de como o amor profundo e inegável que sentiam por ela era o único sentimento que partilhavam. Descreveu-me as etapas que tinham sido atravessadas até esse amor se metamorfosear em violento sentimento de posse, pretexto e impulso para as manobras mais torpes. O afeto de Lucrecia era disputado pelos progenitores como um troféu de guerra.

Descreveu em seguida, com uma candura e uma ausência de paixão que me deixaram um nó no estômago, o extremo de descaramento que o pai dela se permitira, ao introduzir a amante no lar familiar. Pamela começara a frequentar a casa como preceptora de Lucrecia, mas, a pouco e pouco, esse título acabara por se reduzir a um mero e débil pretexto para confundir as bocas do mundo. Era ela a mulher de poucas palavras que eu vira à hora de jantar. O seu quarto ficava no canto noroeste da casa. Deslizava pelos corredores como uma sombra. A maneira como Pamela idolatrava o pai de Lucrecia tinha algo de doentio.

O outro conviva do jantar era o Dr. McAllister, médico da família há três gerações e velho amigo do avô paterno de Lucrecia. Eram tantas as vezes que almoçava, jantava ou pernoitava que todos o viam mais como um hóspede do que como uma visita. Corriam sobre ele rumores sinistros que Lucrecia nunca se preocupara em tentar confirmar, ainda que soubesse como fazê-lo. Bastavam-lhe certos episódios, que ela preferia não recordar, para acreditar no seu íntimo que a natureza dele estava à altura da reputação.

Lucrecia devia à sua saúde frágil o fato de receber em casa a educação e de raramente sair. Passara pelas mãos de uma longa cadeia de preceptores cujo último elo era Pamela. Pamela não dedicava à educação de Lucrecia mais do que algumas horas por mês, e sempre com evidente enfado. Lucrecia ocupava-se com leituras de autodidata, dormia muito e desenhava paisagens imaginárias, quase sempre imensas, quase sempre com um único artefato humano (casa, máquina agrícola, bicicleta) pequeno e periférico.

A casa era arrendada. A família tinha chegado a Buenos Aires depois de os revezes da sorte a terem compelido a vender a sua fazenda em Rosario. A intenção tinha sido a de embarcar rapidamente e refazer a vida na Europa, no Brasil, no Chile, em qualquer um dos lugares remotos onde existiam familiares ou amigos radicados e promessas, mais ou menos vagas, de um qualquer posto de trabalho ou oportunidade. O tempo passara, a casa que não deveria ter sido mais que uma escala rápida tornara-se residência permanente. Os móveis estavam distribuídos pelas divisões da casa com a falta de cuidado própria de quem se julga apenas de passagem. Lucrecia garantiu-me que existiam ainda malas por desfazer, arcas pesadas cheias de roupa, baixela e livros, guardadas no sótão e esquecidas. As promessas de uma vida nova nunca se tinham concretizado.

Madrugada adentro, Lucrecia começou, primeiro a medo, depois com a intensidade de quem preza um cúmplice acima de todas as outras coisas da vida, a partilhar comigo as suas suspeitas, demasiado terríveis para uma pessoa só.

Sara, a mãe de Lucrecia, estava doente havia muito. Nenhum médico fora capaz de diagnosticar com precisão o mal de que padecia e que a ia debilitando cada vez mais, mês após mês. O Dr. McAllister conseguira, pelo menos, acertar com o *cocktail* de drogas que, à falta de uma cura, lhe mitigava as dores e a mantinha lúcida. Era ele quem, todas as noites, preparava a medicamentação e lha administrava no quarto. Sara conservava, por enquanto, a força de vontade e a energia suficientes para se entregar a um simulacro de vida normal: tomava as refeições à mesa, lia ou cosia na saleta depois do jantar durante alguns minutos, por vezes ia ao ponto de tocar trechos de ópera na espineta, que era antiga e precisava de afinação. Nunca saía de casa, contudo.

Ninguém em casa ou na vizinhança duvidava de que Pamela era a amante do pai de Don Paredro, o pai de Lucrecia. Os esforços para esconder essa evidência tinham-se transformado numa rotina frouxa, seguida com escasso zelo. À medida que Pamela fora desleixando as suas obrigações de preceptora, começara a evitar cruzar o olhar com o de Lucrecia. Lucrecia antipatizara com ela desde o início, mesmo quando ainda não possuía motivos concretos para o fazer.

(Fora nessa primeira noite ou na seguinte que Lucrecia me falara de Pamela? Escrevo de um lugar e de um tempo onde estas memórias apenas se deixam aceder à custa de esfor- ços desmedidos. As primeiras noites que passei naquela casa arrendada grande e fria fundem-se numa só; os dias, inodoros e sempre iguais, colapsam, vazios de significado.)

A maneira como Lucrecia falava do Dr. McAllister, o tom de voz, a duração das hesitações, traduziam um medo enraizado. As suspeitas que alimentava eram demasiado monstruosas para serem declinadas em palavras, mesmo perante um irmão. As descrições que fazia da maneira como o Dr. McAllister preparava os medicamentos, solene e imperturbável, como um oficiante numa cerimônia, provocavam-me calafrios que se demoravam no meu corpo.

— Receio pela mamã quando ela está sozinha com essa criatura.

Existiam histórias antigas entre Don Paredro e o Dr. McAllister. O Dr. McAllister fora resgatado de uma situação vergonhosa por Don Paredro, que arriscara dinheiro e reputação sem qualquer perspectiva de ganho. Tudo isto se passara muitos anos antes do nascimento de Lucrecia.

— Não te deixes enganar pelas aparências: o Dr. McAllister parece tratar o papá com alguma sobranceria, mas seria capaz de fazer o impensável por ele. É o tipo de homem para quem uma dívida de gratidão se sobrepõe a tudo. Um cavalheiro, chamemos-lhe assim.

As noites eram consumidas em diálogo e reminiscências. Dormíamos de dia, de manhã e à hora da sesta. Não tínhamos nada para nos ocupar. A nossa presença apenas era solicitada à hora das refeições.

Havia sempre um lugar para mim à mesa. A casa e a família acolheram-me nas suas rotinas. Os meus passos ecoavam nos corredores, vazios à excepção de peças de mobília desirmanadas.

Ao corrente de tudo, do trivial como do inaudito, perguntava-me agora qual deveria ser o meu papel e se deveria agir, e como, e quando.

Muita coisa dependia (pressenti-o, e Lucrecia concordou comigo) de estabelecer relações com o Dr. McAllister, claramente a personalidade mais influente da casa. Ganhei o hábito de me demorar depois dos jantares em que a gárrula criatura era presença muito assídua. Descobrimos gostos comuns, farrapos de mundividência que nos entretínhamos a partilhar. O doutor mostrou-se encantado por encontrar em mim um parceiro para o gamão, jogo pelo qual apenas Pamela demonstrava um mínimo de entusiasmo e nenhuma aptidão. As nossas partidas, que se prolongavam pelo serão adentro, eram invariavelmente interrompidas às dez e meia. Era essa a hora a que o Dr. McAllister recolhia ao quarto de Sara para se entregar à demorada tarefa de preparar os medicamentos para a enferma crônica. Nessas alturas, eu deixava-me ficar enterrado na poltrona, passeando os olhos pelo vespertino ou escutando a mistura de música e estática proveniente de uma telefonia que parecia ser peça de museu. Pamela, ociosa, fitava-me com uma expressão singular entre a curiosidade e o desdém. Don Paredro, por essa hora, tinha já recolhido aos aposentos, nunca sem um brevíssimo afago paternal na minha face.

Sara era uma torre de força. O seu sofrimento era real, mas só muito de vez em quando ela o deixava transparecer pela maneira como o seu corpo se inteiriçava durante um dos cruéis espasmos que a acometiam. Tornamo-nos próximos; passávamos tempo juntos, quase sempre em silêncio. Desfrutávamos da frescura do jardim. Partilhávamos o gosto, tão inexplicável como uma paixão, pelo ruído da água a correr.

Definitivamente livre de obrigações e horários, agora que Pamela dispensava a fachada de preceptora para eternizar a sua presença na casa, Lucrecia dispunha do seu tempo como bem entendia. Aprendia fagote sozinha, seguindo um método inventado nos confins do sertão brasileiro por um fazendeiro excêntrico; devorava opúsculos de filosofia e consolação moral que encontrava na biblioteca herdada do avô materno; demorava-se na cozinha, entregava-se a experiências culinárias esdrúxulas que redundavam quase invariavelmente em falhanços épicos.

Chegou a estação das chuvas. Nos corredores da casa, nas divisões vazias, abundavam os recantos apropriados a conversas a dois, conspirações, contagem de armas.

Seria apenas impressão minha, ou Don Paredro mostrava-se mais taciturno e irritável a cada dia que passava?

Num domingo de chuva batida e copiosa, surpreendi uma conversa entre Don Paredro e Pamela. Não me senti culpado de indiscrição. Eu estava sentado num banco do jardim, deleitado com o cheiro a terra molhada proveniente do canteiro dos gladíolos. Ao meu lado, jazia pousado um exemplar de *Journal of the Plague Year,* de Daniel Defoe. O meu estado de espírito era desajustado à leitura. As vozes chegaram até mim através de uma janela mal fechada: irascível a de Pamela, contida (sarcástica?) a de Don Paredro.

— ...entre estas malditas quatro paredes a tua família. Sufoco!!!

— Não fui eu quem...

— ...

— O tempo joga a nosso favor. O Dr. McAllister...

— ...capaz de esbanjar os melhores anos da minha vida, estás tão enganado!

— Só te peço que...

— ...respeito. Apenas isso! Respeito.

— Sabes bem que...

(As frases mutiladas ganhavam um sentido que pouco devia à sintaxe ou à semântica; desfaziam-se em música; harmonizavam-se com a chuva.)

O temperamento volátil de Pamela parecia capaz de precipitar a situação. Pela calada da noite, Lucrecia e eu arquitetamos um plano, em sussurros ainda mais suaves do que o costume. Lucrecia executaria uma manobra de diversão enquanto eu revistaria os aposentos de Pamela. Aquilo que existia entre Lucrecia e a sua ex-preceptora era uma mistura de despeito e rancor, com um vago resíduo do respeito mútuo que tinham chegado a nutrir uma pela outra. Foi a esse vestígio remoto que Lucrecia apelou quando se sentou ao lado de Pamela e lhe pediu ajuda para classificar alguns dos seus apontamentos escolares antigos, atividade que deveria consumir pelo menos um par de horas das respectivas atenções. Eu dispunha assim de tempo de sobra para penetrar às escondidas no quarto de Pamela e entregar-me a uma revista minuciosa. Não era a altura de ser dominado pelos escrúpulos. Os fins justificam os meios. Quem sabe se me cairia nos braços um elemento decisivo, o fragmento de informação necessário para compreender a dinâmica dos processos e intrigas dentro daquela casa? Tudo correu conforme o previsto. Tive toda a liberdade para esquadrinhar o quarto de Pamela com o vagar de quem não se pode dar ao luxo de ignorar a reentrância mais inacessível, o fundo de gaveta mais escondido por quilos de bricabraque. Encontrei jóias e fotografias, bilhetes de teatro e panfletos políticos. Encontrei até um diário, redigido numa letra arredondada de garota de escola, página após página preenchida com aforismos, desabafos, notas sobre horticultura, apontamentos de leitura. Nem uma referência a Don Paredro, a Sara, a Lucrecia, ao Dr. McAllister ou a mim.

Porém a densidade de certos silêncios, alguns olhares evitados, toda uma pletora de sinais, diziam-nos (a mim e a Lucrecia) que uma catástrofe estava para acontecer.

Eu convencera Sara a desconfiar do Dr. McAllister e a evitar ingerir fosse o que fosse da sua farmacopeia. Desde então ela vicejava, vencia a maleita, começava a reconquistar o seu lugar na casa. Seria impossível pedir uma confirmação mais decisiva do que esta para as nossas conjecturas sobre as manobras perversas do Dr. McAllister.

— Sabes quem era aquele cavalheiro com uma cicatriz na testa com quem nos cruzamos no corredor, ao lado do papá? Era um meirinho. Devemos uma soma colossal, e há também os juros. O papá conseguiu renegociar algumas parcelas, mas o banco é implacável. Vão penhorar a nossa mobília, as nossas pratas e os nossos quadros.

Como se houvesse muita mobília para penhorar...

Ao jantar, no final de mais um de tantos dias sem história, Lucrecia voltou-se para mim e segredou-me: "É hoje! Não percas o Doutor de vista. Desafia-o para o gamão, conta-lhe a tua vida, o que quiseres, mas não o largues."

— Mau... Que segredinhos são esses? — perguntou Sara, que nos fitava com um sorriso mal disfarçado nos lábios. Lucrecia retribuiu o sorriso e fingiu um ar compungido. Os seus olhos brilhavam de alegria pela recuperação da mãe, mas eu sabia-a apreensiva. Quando Sara saiu da sala para recolher aos seus aposentos, Lucrecia seguiu-a com um olhar que exprimia o seu receio de que alguém atentasse contra a vida dela nessa mesma noite.

No salão, o nervosismo do Dr. McAllister transparecia. Ganhar-lhe partida após partida era uma brincadeira de crian- ça. Ao contrário do que se tornara habitual, Pamela retirara-se e Don Paredro deixara-se ficar. Enterrado numa das poltronas que a fúria do fisco ainda não levara, fitava sem cessar o Dr. McAllister, como se lhe quisesse transmitir uma mensagem muda. Os seus lábios, já de si delgados, desapareciam agora de tão comprimidos. Quase senti pena do Dr. McAllister. Ele jogava mecanicamente, sem pensar; a transpiração descia-lhe pelas faces flácidas em gotas grossas. Respondia às minhas tentativas de estabelecer conversação com balbuceios, interjeições, sentenças desgarradas.

Numa altura em que o serão já ia longo e se tornara claro que eu não seria o primeiro dos três a recolher, o Dr. McAllister serviu-se de um pretexto pueril para tentar ausentar-se. Claro está que não o deixei sozinho. Com uma desculpa ainda mais fantasista do que a dele, segui-lhe na peugada. Não me dei ao trabalho de olhar para Don Paredro. O Dr. McAllister avançava pelos corredores com o passo pesado de um condenado à morte a caminho do cadafalso. Mantive uma distância de alguns metros. Quando ele abrandava, fosse por hesitação ou por estratégia, a mancha escura das suas costas, encimada pela cabeça levemente tombada para a frente, crescia no meu campo de visão como tinta derramada a alastrar numa folha de papel. Deteve-se à altura da porta fechada do quarto de Sara, chegou até a esboçar o quarto de volta necessário para se colocar em frente à porta, como quem pretende bater cerimoniosamente, ou rodar a maçaneta e entrar sem se fazer anunciar. Porém, não fez esse gesto; limitava-se a aguardar. Aproximei-me delicadamente e puxei com brandura pela manga do seu fato de flanela gasta.

Pareceu-me ver um aceno de cabeça que exprimia aquiescência e alívio. Ele acompanhou-me sem resistência até o seu quarto, entrou, sentou-se no bordo da cama sem acender a luz. Não precisou de palavras nem de gestos para me dar a entender que ia ficar bem, que não precisava mais de mim. O seu olhar cansado continha talvez uma parte de gratidão.

No dia seguinte, Pamela fez as malas e partiu para sempre. As instruções ríspidas que gritava aos ouvidos dos carregadores ecoavam pelos corredores e penetravam nas divisões mais remotas. Mal o ruído do motor do táxi foi engolido pelo mar de sons da cidade de Buenos Aires, instalou-se na casa uma paz duradoura. Nos dias que se seguiram, todos nós adoptamos, como que por acordo tácito, hábitos recatados e sisudos. As conversas à mesa e no salão eram curtas, inócuas e em voz muito baixa. Os gestos e a locomoção faziam-se com uma discrição de mosteiro. Até Lucrecia se abstinha de tocar o fagote.

Semana após semana, eu observava traços minúsculos de uma intimidade conjugal reencontrada entre Sara e Don Paredro. Quando o tempo o permitia, desciam ao jardim e davam algumas voltas de braço dado, detendo-se para cheirar as flores ou para evocar uma recordação distante.

O Dr. McAllister deixou-se ficar, mas tudo no seu corpo, no seu rosto envelhecido, nas suas raras palavras, falava de confusão e de vergonha.

O furor dos credores parecia ter-se atenuado. Vivia-se uma existência doméstica equilibrada, sem luxos nem carências.

Cada dia assemelhava-se ao anterior.

"Tens de partir!" — tanto me custou dizer isto a Lucrecia, no final de mais uma noite de conversas à deriva, reminiscências arrancadas a um passado partilhado ou construídas de raiz. A simples ideia de me privar da presença dela, de perder uma irmã pela segunda vez, doía-me mais do que arrancar um membro, mas odiar-me-ia para sempre se não a fizesse olhar a verdade de frente. A mãe dela estava agora saudável e a salvo de maquinações e conjuras. Lucrecia precisava de pensar no seu futuro. Naquela casa vazia, acabaria por definhar, sem mestre nem propósito. Tudo era preferível a ficar. Convenci-a a falar com os pais, mostrei-lhe brochuras de uma escola de música muito reputada que aceitava alunos internos. Lucrecia simulou indiferença, mesmo contrariedade, mas eu sabia estar a tocar nas suas aspirações mais profundas.

No dia seguinte, ao regressar da conversa com os pais (longa e isenta de exaltações, no salão, à porta fechada), Lucrecia deixou que o brilho e as lágrimas que trazia nos olhos substituíssem as palavras. Os seus dias naquela casa vazia e entorpecedora estavam contados. Iria partir daí a semanas para uma nova vida na escola de música.

Confesso que, mal soube da notícia, a minha preocupação principal passou a ser a de preparar a minha saída de cena. Reuni discretamente os meus pertences, os escassos objetos que acumulara desde a minha chegada. Cabiam num saco de cabedal de trazer a tiracolo.

Escolhi a altura mais calma do dia, aquela em que as rotinas dos diferentes ocupantes coincidiam num ponto morto. Queria, acima de tudo, evitar despedir-me de Lucrecia. Fugir pela calada das ocasiões de sofrimento sempre foi a minha forma muito própria de cobardia. Escapei-me sem rumor daquele lar pacificado. Desci a escadaria que conduzia ao jardim, estranhei a intensidade da luz exterior, rocei as flores dos canteiros com os dedos pela última vez, mergulhei a mão na água do tanque pela última vez, julguei escutar notas de música através da janela do quarto de Lucrecia, preocupei-me com a maneira como estas impressões derradeiras perdurariam na minha memória.

Transpus a porta, no lado oposto do jardim, que comunicava com a taberna.

Não me importo de admitir que cheguei a esperar que o curso do tempo se tivesse suspendido — esperei-o não como se o merecesse, mas antes como um capricho da natureza, tão arbitrário do ponto de vista humano como uma vaga de calor ou uma epidemia. Um relance rápido sobre a taberna desenganou-me. Não havia sinais do meu copo de cerveja em cima da mesa, o cliente solitário (arruivado, franzino) era outro, os sinais da passagem do tempo eram múltiplos.

A luz era diferente da que eu recordava. A luz do sol incidia segundo uma direção sem dúvida consentânea com o calendário.

O patrão entrou e olhou-me dos pés à cabeça, intrigado com a minha aparência, com o meu saco de cabedal, com o fato de eu ter entrado na sala por aquela porta, com a água que pingava da minha mão direita, talvez ainda suja dos limos do tanque.

Perguntou-me o que queria. Pedi uma cerveja bem fresca.

Saboreei a cerveja devagar. Havia tempo de sobra para procurar uma pensão nem demasiado dispendiosa nem demasiado miserável onde pernoitar.

O cliente franzino olhava para mim de vez em quando, sem interesse, sem vontade de criticar ou tecer conjecturas.

Do lugar de onde estou a (inutilmente, compulsivamente) verter em palavras o que me succdeu, um lugar de latitude meridional extrema que prefiro não nomear, isolado e à medida da calamidade indizível que me trouxe até aqui, recordo a última noite que passei em Buenos Aires, o quarto exíguo e imaculado, a janela de onde se avistava uma rua mal iluminada, uma praça de táxis, algumas prostitutas.

Eu respirava o tempo como um gás intoxicante, estava sentado numa cadeira de ferro e inspirava o tempo, expirava-o com medo do seu poder.

O tempo. Agora limito-me a estar atento aos seus abcessos contaminados pela memória e pelo remorso, de pé sobre esta terra que piso sem deixar marca.

Setembro 2011

Vaga de fundo

ARRENDA-SE QUARTO
A menina estudante
Ideal para a Universidade do Minho
A um minuto a pé do campus de Gualtar
Casa de banho privativa
Serventia sala e cozinha
TV *Cabo e Internet de banda larga*
200 euros por mês incluindo gás, luz e água
Telefone 9* *** ** **
Disponível de imediato

Ágata releu o anúncio colado com fita-cola à vitrine da confeitaria onde entrara para tomar um café pingado, logo após se ter apeado da camioneta que a deixara em plena cidade de Braga. Havia outros anúncios, mas esses não cativavam a atenção, deixavam-se ignorar sem dar uma amostra de luta. Os outros anúncios pareciam gastos pela luz do sol de Verão que incidia na fachada envidraçada da confeitaria. Aquele anúncio tinha um ar novo e enxuto como uma promessa. Ágata ligou para o número do anúncio no seu telemóvel.

O quarto era limpo e espaçoso, a mobília era funcional e confortável. O outro quarto da casa estava ocupado por uma rapariga chamada Eva. Eva garantiu-lhe que o prédio era tranquilo e que o caminho para a faculdade se fazia a pé sem problemas, de Verão como de Inverno.

— Tenho a senhoria ao telefone — disse Eva. — Digo-lhe que ficas com o quarto?

— Diz-lhe que fico com o quarto — disse Ágata.

— Ela fica com o quarto.

Ágata pendurou a roupa nos cabides de madeira, sólidos e macios ao toque, que a solicitude alheia deixara no roupeiro do seu quarto.

— O que vieste estudar a Braga, Ágata?

— Vim estudar Bioquímica.

— Isso é interessante. Eu sou finalista de Psicologia. Olha, hoje à noite vou a uma festa com uns amigos numa discoteca. Vai servir para inaugurar o ano letivo. Vai ser divertido. Queres vir connosco?

— Não sei... Acabei de chegar de X... — Ágata pronunciou o nome da pequena vila onde crescera e aprendera algumas das árduas verdades da existência.

— Teres acabado de chegar de X... não é desculpa. Vamos sair às 10 horas. Se quiseres tomar banho é só abrires a torneira da água quente e a água sai logo quente.

A festa já estava animada quando Eva e Ágata chegaram. Conhecidos de anos passados reencontravam-se e saudavam-se com entusiasmo. Os cinco euros de ingresso davam direito a uma bebida branca. Eva quase não largou Ágata e fez questão de a apresentar a todos os seus amigos e conhecidos. Uma rapariga nova nunca deixa de despertar as atenções, esta é uma lei universal cujas excepções se distribuem muito esparsamente pelo curso da história.

— Esta é a Ágata, acabada de chegar de X... Tenham cuidado com ela porque ela ainda vai chegar longe.

Um beijo em cada face, um nome abafado em parte ou no todo pela música estridente, quase sempre esquecido minutos depois.

De regresso a Gualtar e ao apartamento, exaustas mas felizes, Eva e Ágata deixaram-se cair no sofá. Ágata queria acabar de desfazer a mala antes de se ir deitar, mas não resistiu a fazer uma pergunta a Eva.

— Eva, reparei que algumas pessoas na festa passaram a noite toda a conversar num canto. Durante uma pausa na música, consegui perceber algumas frases e palavras isoladas: "decreto", "despesas já cabimentadas", "prazos de execução orçamental", "nomeação", "riscos de desagregação social". As expressões e o tom eram as de quem exerce o poder, por mais informais que fossem a postura e o cenário. Não me apresentaram a nenhum deles. Todos os outros se mantinham à distância deste grupo. Quem são eles?

— Queres mesmo falar sobre isso agora? Já é tarde.

— Não estou com sono.

— Então está bem. Por onde começar? Desde a noite dos tempos que os homens e as mulheres sentiram a necessidade de se organizar em sociedades, suportadas por estruturas de poder que salvaguardassem o bem comum.

— Ena, isso vem de longe.

— Há muitos anos que os estudantes universitários em Braga, Guimarães e povoações limítrofes se habituaram a gerir eles próprios os seus assuntos, com um mínimo de interferência exterior. Estamos a falar de centenas de pessoas residentes em quartos ou casas particulares, ou em alojamentos disponibilizados pelos Serviços de Ação Social. Não há limites geográficos nem critérios de admissão. Basta alguém manifestar vontade de aderir e automaticamente passa a ser um dos nossos.

— "Um dos nossos"? Trata-se de uma espécie de organização?

Eva explicou tudo.

Havia um poder central que zelava por todos os aspectos da vida, da saúde ao lazer, dos transportes à justiça. Estudantes de Medicina ofereciam consultas a preços simbólicos, os de Direito prestavam aconselhamento jurídico. Quem tinha carro próprio ou outro meio de transporte punha-o ao serviço de uma rede de transportes informal, organizada em rede. Refeições econômicas eram preparadas e servidas, concertos e sessões de cinema eram organizados. Havia, bem entendido, ocasiões em que se tornava necessário recorrer à lei ordinária, aos hospitais, às cantinas, mas o esforço de todos ia no sentido de reduzir ao mínimo essa necessidade.

A vida em comum era regida por leis e regulamentos. O poder legislativo era exercido por uma assembleia eleita, por sufrágio universal, de três em três anos. Vigorava um sistema de duas câmaras. A câmara baixa reunia semanalmente (excepto em época de exames) num restaurante que era famoso por dois pratos: a lasanha de bacalhau e o cabrito assado. O reconhecimento da excelência desses dois pratos era tão unânime como a convicção sobre a banalidade de todos os demais. Era comum reservarem uma sala privada para as sessões da assembleia. A câmara alta, elegida por meio de um complexo sistema indireto, reunia num restaurante diferente e só de mês a mês. A câmara alta aprovava, rejeitava ou reenviava para reformulação as leis que emanavam da câmara baixa. Tinha fama de conservadorismo e amor pela ortodoxia.

— Isso é muito interessante — disse Ágata. — E a quem cabe a execução dessas leis? Se existem leis, tem de existir alguém que as ponha em prática.

— É aqui que entra o pessoal que viste hoje na festa.

— São eles?

— São eles. Costumam encontrar-se em bares e discotecas. São nomeados pela assembleia. São eles quem nos governa, todas as decisões passam por eles. Há quem tenha medo deles, não sei por quê. Até são acessíveis, e há lá um ou dois rapazes giros. Por vezes podem responder com maus modos e isso, mas é só porque o peso da responsabilidade é tão grande.

— E quem julga e pune aqueles que violam as leis?

— Para isso existe um sistema muito bem organizado de advogados, procuradores e juízes. São os estudantes de Direito que asseguram essas funções. O trabalho é muito, coitados, e o curso deles é duro, por isso não admira que haja tantos processos em atraso. Eles recebem uma remuneração, mas é uma remuneração irrisória. Mal chega para as deslocações. Conto-te o resto amanhã, está bem? Daqui a bocado adormeço assim mesmo, sentada e toda vestida.

Ágata acabou de desfazer a mala. Os seus poucos objetos pessoais cabiam na gaveta da mesa de cabeceira e ainda sobrava muito espaço. Antes de se deitar, Ágata deu algumas voltas pelo quarto, meio a andar, meio a improvisar passos de dança, e gozou, como quem sorve, o sentimento novo de estar entregue a si mesma, sem ter de prestar contas a ninguém sobre os seus movimentos ou sobre a maneira como ocupava o tempo. As paredes não eram barreiras, mas antes um cenário para a representação do princípio do mundo.

No dia seguinte, bem cedo, Ágata dirigiu-se à secretaria da Universidade e inscreveu-se nas cadeiras do primeiro semestre da licenciatura em Bioquímica: Análise Matemática, Álgebra Linear e Geometria Analítica, Fundamentos de Química, Biologia Celular e Laboratórios de Química I.

Os primeiros dias de aulas correram bem. Ágata ficou satisfeita com os horários que lhe couberam em sorte. As primeiras impressões dos professores foram positivas. Ágata comprou uma bata em segunda mão a um colega que tinha mudado de curso. A bata estava como nova.

De noite, ia a festas, estudava ou ficava em casa a conversar com Eva e a ouvir música. Falava com os pais e com o irmão por Skype várias vezes por semana.

Os eventos mais grandiosos podem ser desencadeados por um detalhe fútil, mas na maior parte dos casos um capricho não passa de um capricho. Ágata, cujo apetite pela extravagância era, regra geral, modesto, não resistiu a comprar um unicórnio de gesso, pintado de cores garridas, que viu na montra de uma loja de bricabraque numa rua tranquila do centro da cidade. Era do tamanho de um cão da raça husky e poderia ter sido atração de feira para crianças numa existência anterior. O chifre era longo e polícromo. Ágata trouxe-o para casa e colocou-o à entrada, por trás da porta. Quem entrava precisava de se desviar para evitar a estocada dolorosa no abdômen. Eva achou graça à ideia da amiga.

— Vai passar a ser a nossa mascote. Já estou a pensar em piadas sobre o animal, e também na maneira de responder às piadas que as visitas fizerem.

Passados alguns dias, um rapaz que Ágata conhecera fugazmente num bar, e cujo nome lhe escapava, veio sentar-se à sua frente na cantina. Hesitou antes de entrar no assunto.

— Aquele bicharoco que vocês têm à entrada da vossa casa...

— O unicórnio? Eu chamo-lhe Augusto. É giro, não é?

— É grande de mais. As suas dimensões ultrapassam os limites previstos nos regulamentos de segurança. Têm de o tirar dali.

— Tirá-lo dali? Nem pensar nisso.

— É uma questão de segurança. Se houver um incêndio, se for preciso evacuar a casa de repente, podem tropeçar, podem cair, alguém pode sair magoado, estás a ver? Podem transferi-lo para a sala ou para um quarto, mas na entrada não pode ficar.

— Que regulamentos são esses? — perguntou Ágata a Eva, indignada, assim que chegou a casa.

— Acho que tenho uma cópia ao lado da minha cama, no meio daquela confusão. Se quiseres remexer estás à vontade.

Ágata encontrou o regulamento, entre uma revista de Belas-Artes ("Edgar Degas classique et moderne: la rétrospective au Grand Palais") e um catálogo de vendas ao domicílio.

— Amiga, este regulamento não tem pés nem cabeça.

— Os desígnios da lei são incompreensíveis. É verdade nas parábolas e é verdade na vida real.

— O que não é absurdo é impraticável, e o que não é impraticável está obsoleto.

— Sim, diz-se por aí que muitos desses artigos e alíneas foram redigidos na reta final de noites bem comidas e melhor regadas. Sabes como é. Entre uma lasanha de bacalhau e um cabrito assado, o vinho tinto da casa vai escorregando com ligeireza. Depois vêm a baba de camelo, o café e o digestivo. Como é que a inteligibilidade das leis não haveria de se ressentir?

— A câmara alta não teria obrigação de exercer o seu papel fiscalizador?

— Esses são ainda piores.

Não restavam dúvidas de que o unicórnio tinha de mudar de lugar. Trataram disso nessa mesma noite. Ágata arranjou um canto livre no seu quarto. Consolou-se com a ideia de que se iria servir do chifre para pendurar a bolsa ou peças de roupa sortidas.

Nos corredores da faculdade, entre duas aulas, nas saídas noturnas, começou a perguntar aos colegas e conhecidos o que achavam do sistema vigente, se tinham queixas, se não achavam que a classe dirigente revelava alguns tiques de prepotência, etc., etc. Entre indiferentes e situacionistas, lá foi encontrando alguns descontentes, alguns desabafos soprados entre dentes, algumas histórias inquietantes.

— O que se faz quando uma lei é injusta, Eva? Devemos seguir o que nos diz o sentido de justiça, ou o que manda a lei?

— Ainda estás a pensar no unicórnio?

— Já deixou de ter a ver com o unicórnio. Agora gosto menos dele. Cheira a bolor, e as cores são vulgares sem serem graciosamente *kitsch*. Estou a falar de outras coisas.

— Esta assembleia foi eleita há um ano. Faltam dois para cumprir o mandato.

— Não se pode esperar tanto tempo. Não vês o que se passa à nossa volta? Os serviços de apoio médico pioram de dia para dia, o sistema de transporte está um caos, o banco de apontamentos *online* está inacessível há semanas. E que dizer da transparência das contas? Os regulamentos dizem que as contas atualizadas têm de estar sempre disponíveis, mas eu ontem fui ao *site* e as últimas que encontrei datam de 2008 e estão cheias de erros. O que acontece ao nosso dinheiro? De que serve pagarmos a nossa quotização mensal?

— As festas, por exemplo, custam pequenas fortunas. É preciso pagar ao DJ, pagar as bebidas, pagar o aluguer do espaço. As entradas não cobrem o custo, longe disso. E as festas aqui são muitas e são boas, tens de concordar.

— As festas são boas, mas não vivemos só de festas. Alguém tem de fazer alguma coisa. Isto não pode continuar.

— Manifesta-te, denuncia, diz de tua justiça. Liga para a rádio universitária e põe a boca no trombone.

— A rádio só passa música, por sinal péssima.

— Eles têm um fórum da meia-noite à uma. Qualquer pessoa pode participar. É só ligar e falar.

— De certeza que eles filtram as chamadas.

— Não filtram nada. Liga para lá, amiga.

Ágata telefonou para o programa de rádio. O rapaz que atendeu tentou dissuadi-la quando soube o motivo.

— Isso é má onda. Está fora do âmbito daquilo que costumamos discutir aqui. Tentamos não misturar a vida acadêmica com a política.

— A política é tudo.

— Não queres mudar o assunto da tua intervenção?

— Nem pensar nisso.

— Bem, deixo-te em lista de espera.

À uma e meia da manhã, Ágata rendeu-se à evidência.

— Acreditas agora em mim? — perguntou Ágata a Eva, no dia seguinte.

As ações e as palavras de Ágata tinham-lhe feito merecer uma reputação incipiente de contestatária. Alguns colegas de vários cursos começaram a passar tempo com ela, a exprimir de viva voz as suas inquietações e críticas. Ágata, consciente da sua condição de caloira e do muito que lhe faltava aprender, hesitava em assumir-se como a líder por que pareciam ansiar aqueles que a seguiam, aqueles que escutavam as suas palavras com a compenetração de um prosélito.

Alguns desses rapazes e raparigas, já com várias matrículas em cima, forneciam-lhe a informação preciosa de que uma recém-chegada precisa.

— Esta lei que nos rege... — Ágata pensava em voz alta, num corredor discreto da Faculdade que apenas conduzia a um arrumo e um laboratório temporariamente inativo. Estava rodeada por um pequeno grupo, atento e disciplinado. — Esta lei não pode ser o fim e o princípio, não pode ser a última palavra. É preciso que exista um estrato superior de legalidade. Todos os países, todas as organizações, possuem uma constituição ou estatutos.

— Havia o Vasques... — disse uma moça em tom conspiratório, que se assustou com o eco das próprias palavras.

— Quem é esse Vasques?

— Um veterano de Belas-Artes — esclareceu um jovem de olhos cavados. — Nunca o conheci pessoalmente, mas falei com quem lidou com ele. Dizia-se que sabia de cor todas as leis e regulamentos, mas que também conhecia na ponta da língua uma Lei Suprema que foi redigida logo na fundação desta comunidade.

— A lenda é mais complexa do que isso — interveio outro dos satélites que orbitavam em torno de Ágata. — Contava-se que tinha memorizado a Lei Suprema, de que não existem cópias escritas. Dizia-se que se considerava o único guardião desses princípios fundadores cujo espírito ele achava ter sido irremediavelmente corrompido. Quem o conheceu diz que ele se sentia muito bem nesse papel.

— E onde posso encontrar esse Vasques? — perguntou Ágata.

— Ele deixou a vida académica sem concluir o curso. Há quem diga que foi por culpa da bebida, há quem fale num desgosto amoroso. Agora vive numa casa rústica na Póvoa de Lanhoso, com a mãe.

Nesse mesmo dia, Ágata fez vários telefonemas até conseguir obter informações sobre horários de camioneta para a Póvoa de Lanhoso. Estava ao ar livre, a uma distância prudente da saída da Faculdade. Enquanto falava, quase num sussurro, lançava olhares apreensivos sobre o ombro, imprimia rotações bruscas e atentas sobre si mesma.

A tal "casa rústica" afinal nada tinha de rústico. Era uma vivenda sóbria, volumosa, imponente. Nem sequer ficava na Póvoa de Lanhoso, mas sim nos arredores.

Ágata foi muito bem recebida. O tal Vasques era claramente um excêntrico, seria ocioso negá-lo, mas a hospitalidade era a de um cavalheiro à moda antiga. Falaram até o cair da noite. Vasques até lhe propôs que pernoitasse; a presença vigilante da mãe era penhor da ausência de segundas intenções. Ágata declinou, ciente de que sobrava tempo para apanhar a última camioneta de regresso a Braga.

No seu quarto, Ágata escreveu no diário (negligenciado, quase virgem): "**Eu só sei que estava cega e que agora consigo ver**". A citação brotou-lhe da memória com a fluidez de um pensamento original.

No dia seguinte, quase se esqueceu de desejar bom dia a Eva na ânsia de lhe contar o seu encontro da véspera.

— Eu pensava que esse Vasques não passava de uma lenda urbana.

— Pois bem, ele é bem real e contou-me coisas surpreendentes. Vivemos na ilegalidade e na imoralidade. A Lei Suprema, que é justa e nobre, que reflete a sabedoria e a sensibilidade daqueles que a redigiram, é violada dia após dia. As leis que nos regem estão fora da Lei! Achas isto normal, Eva?

— Ninguém nos garante que a memória do Vasques seja 100% fiel.

— A quem recorrer? Quem zela pela Lei Suprema?

— Havia um grupinho que se costumava reunir num salão de bilhar um bocado manhoso. Se bem me recordo (mas esqueci-me de quem me disse isto, e quando, e se foi a brincar ou a sério), cabia-lhes a função de fiscalizar o cumprimento da Lei Suprema. Mas não conheço ninguém que os leve a sério. São instáveis, têm hábitos estranhos, já houve quem lhes chamasse "dissipados".

— Isto não pode continuar assim. É que não pode mesmo.

Ágata começou a investir uma porção maior do seu tempo e da sua atenção no estabelecimento de uma teia de relações duradoura, composta por gente influente. A aprendizagem das minuciosas hierarquias e escalas de valores que regiam a vida acadêmica foi dura e lenta. Ágata começou a dar-se com os finalistas de Gestão, com as estrelas da equipa feminina de voleibol, com os *webmasters,* com os bolseiros do laboratório de lasers.

O tempo passava. Os exames do primeiro semestre começaram a reclamar muita da sua atenção. Depois, chegou a altura de se inscrever nas cadeiras do segundo semestre: Biomoléculas, Estatística, Física Geral, Laboratórios de Química II e Química Orgânica. O frio insinuava-se nas mentes e nas conversas, como uma nova personagem de romance.

Como uma espécie de enredo secundário, uma nova pessoa passara entretanto a fazer parte da vida de Ágata. Com o humor ligeiro próprio dos apaixonados, Ágata contava que devia ao acaso e às ruas estreitas de Braga, em partes iguais, a aproximação com Renato. Fora à saída de um concerto da banda Pontos Negros, no centro da cidade. Entre aqueles que compunham o grupo, no máximo uma dúzia, metade eram conhecidos de Ágata e a outra metade eram conhecidos de conhecidos. Um carro mal estacionado obrigou-os a fluir em dupla fila atabalhoada entre a chapa e a fachada do prédio vizinho, e foi assim que Ágata e Renato, um dos conhecidos de conhecidos, se viram lado a lado e começaram a conversar. A conversa, no início não mais que uma troca de impressões superficial, estendeu-se e cresceu até excluir tudo o resto, incluindo os companheiros, o fluir da madrugada e o dédalo de ruas que percorriam, sem pensar, à deriva.

Renato era estudante de Filosofia do segundo ano. O que nele mais atraía Ágata eram a voz, as mãos e a sensibilidade que o fazia ir diretamente até o âmago das coisas sem perder de vista os detalhes, a beleza fulgurante do supérfluo. Marcaram encontro para o dia seguinte. Passaram a ver-se quase todos os dias.

Ágata considerou a hipótese de dividir as páginas do seu diário em duas colunas, uma para a vida pessoal e sentimental e a outra para o ativismo político. Mas essa ideia depressa se lhe tornou estranha e artificiosa; não chegou a pô-la em prática.

Que alternativas se colocavam para derrubar aquele poder iníquo que mantinha sob o seu jugo odioso toda uma comunidade?

— O Vasques contou-me que existem mecanismos de *impeachment,* devidamente consagrados e prontos a serem aplicados. Mas parece-me inútil contar com a rapaziada patusca do salão de bilhar para levar isso a cabo.

— Sim, seria uma perda de tempo.

Eva estava a enxugar uns pratos. O dia era de chuva. Ágata seguia com o olhar fixo o tamborilar das gotas de água no vidro da janela, sem prestar atenção.

— A outra hipótese — disse Eva —, se de fato não estás disposta a esperar dois anos, é tentar persuadir uma maioria de dois terços na câmara baixa a votar uma moção de censura. Não existem precedentes, que eu saiba, mas há sempre uma primeira vez para tudo.

— Dois terços é muito. E eu conheço tão poucos membros da câmara baixa.

— Mas agora estás tão bem relacionada que não há-de tardar muito até chegares ao coração do poder. É um trabalho de paciência.

A paciência era algo de que Ágata era capaz. Noite após noite, semana após semana, deu-se com as pessoas certas, relacionou-se, apalpou terreno, frequentou festas deploráveis apenas porque nelas se aguardava a presença de alguém que queria aliciar para a sua causa, aceitou convites para noitadas de jogos de tabuleiro totalmente enfadonhas e dispensáveis, entregou-se a pequenos e médios tráficos de influência, conversou, bajulou, persuadiu, insistiu. Em caves e em esplanadas, em bibliotecas e em nichos discretos de alguns dos bares da moda, conspirou, argumentou, contra-argumentou, persuadiu, doutrinou. Conheceu pessoas extraordinárias, fez daquelas amizades que se vê logo que irão durar uma vida inteira, causou impressão pela solidez das suas convicções e pelo rigor das suas análises. E porém, ao fim de algumas semanas de esforço, será que Ágata se sentia mais próxima do objetivo de seduzir para a sua causa um número suficiente de pessoas para suportar uma moção de censura? Era forçoso reconhecer que não. O reconhecimento da sua capacidade de liderança, as afinidades de opinião, os amigos influentes, tardavam em traduzir-se em apoios concretos. A aproximação dos exames de frequência complicava ainda mais a situação: era preciso estudar, o tempo livre faltava, os estudantes faziam-se escassos nos lugares públicos da bela e nobre cidade de Braga.

— Sei o que me resta fazer, Eva.

— Até tenho medo do que vais dizer.

— Quando a lei não é justa, quebrar a lei não só não é um crime, como se converte em obrigação moral.

— Afinal tinha razão em sentir medo.

— Foi o Vasques quem me explicou isto.

— Amiga, por favor, não te metas em sarilhos.

— Esgotadas que foram todas as vias legais, resta-me apenas uma alternativa.

— Não tens tempo para golpes de estado. Concentra-te na Química Orgânica. Faças o que fizeres, não desleixes a Química Orgânica, senão vais-te arrepender.

— Uma coisa não impede a outra. Agora tenho sono, vou-me deitar.

Chegara a hora da clandestinidade. Ágata não se retirou da vida ativa, mas foi dando a entender, de forma discreta e controlada, que abandonara as suas pretensões mais ou menos sediciosas e que se confinaria doravante ao modesto mas venturoso escopo que cabe tradicionalmente aos estudantes universitários.

Ágata só comunicou as suas intenções reais a um grupo muito restrito de fiéis. Entre essas duas ou três dezenas de raparigas e rapazes passaram a vigorar os mecanismos do segredo e da cautela. Encontravam-se muito de longe em longe, limitavam a conversação a temas banalíssimos quando em público, desenvolveram um intrincado esquema de senhas, contra-senhas e códigos. Aguardavam, vigilantes, a sua hora. Sabiam que a vitória final lhes pertenceria.

As suas faces contraíam-se de expectativa, nos seus olhos brilhava uma centelha feroz, permanente.

Discutiam entre si o direito natural, as arquitraves do edifício teórico que os sustentava e o modo de fazer. Ágata inquietava-se por causa do modo de operação, interrogava-se sobre os passos a seguir, sentia-se ignorante e indigna da confiança dos seus seguidores. Mas como se aprende a insurreição? As lições da História podem ajudar, mas apenas até certo ponto.

Numa terça-feira de Maio (a Primavera instalara-se em força, uma brisa doce acariciava os braços timidamente nus, Braga parecia toda ela cheirar a fruta e a roupa lavada de fresco), uma das conjuradas pôs discretamente nas mãos de Ágata, que saía de uma aula de laboratório, um panfleto toscamente impresso. Ágata examinou-o com cuidado. A gramática era péssima, a qualidade gráfica deplorável, mas a mensagem era clara. Apelava-se à revolta. Haveria então mais um grupo, além deles, a tentar tomar o poder pela força? Quantos seriam? Quem seria o seu líder? Como estariam organizados?

Foram feitas diligências e inquéritos. Perguntas discretas foram colocadas com um ar casual. Gestos alheios foram acompanhados de perto, especulou-se sobre os passos seguintes dos rivais. Os rumores nasciam e propagavam-se como projéteis durante a sua vida efêmera.

Os exames estavam à porta; a mobilização ressentia-se disso. Mesmo nas reuniões com o seu núcleo duro (realizadas sempre em local diferente, com todas as elaboradas aparências da normalidade), Ágata assinalava agora sempre uma ausência, quando não eram mais.

— Receio bem que tenhamos deixado passar a altura estratégica para atuar — queixou-se Ágata a Eva. Era uma manhã de sábado. Tinham ficado em casa para esperar a senhoria, que ia trazer um forno de microondas para substituir o antigo que se tinha avariado. Tinham deixado as janelas abertas para deixar entrar algum ar fresco. — O momento certo era antes da época de exames. Agora, Braga esvazia-se a olhos vistos. Não há nada para ver. Mesmo que passássemos à ação e triunfássemos, a nossa vitória seria irrelevante.

— Nem tudo foi trabalho perdido, amiga. Estabeleceste contatos, despertaste simpatias, alimentaste o debate. Isso vale ouro! Dá tempo ao tempo, deixa que o processo se desenrole ao seu ritmo, espera pela vaga de fundo.

— A vaga de fundo?

— Uma miríade de vontades que de repente se transforma numa única vontade. Deverás estar muito atenta. Os sinais serão sutis mas inconfundíveis. Saberás então que chegou a altura. Que calor que está aqui dentro! O ar não circula.

Na opinião de Renato, Ágata exigia demasiado de si própria, corria atrás de demasiadas lebres ao mesmo tempo, era preciso parar para respirar fundo, redefinir prioridades, evitar perder o norte, manter os pés assentes na terra no meio do turbilhão de ideias e sensações novas, algo tão natural num caloiro universitário arrancado à sua remota terra natal.

Nos braços de Renato, o tempo parecia suspender-se.

Concluídos os exames e as melhorias, Ágata regressou a X... Adiou a resposta aos convites de amigos antigos e de novos colegas que a incitavam a partir com eles mais ou menos ao sabor do acaso e a aproveitar o Verão. Sentia vontade de repousar durante uma ou duas semanas.

Apeou-se da camioneta e mergulhou na inércia, no calor, na cadência indolente dos trabalhos sazonais.

O pai achou-a mais magra, a mãe achou-a mais gorda. Ágata encontrou o seu quarto limpo e arrumado, a cama feita. Folheou alguns livros cuja existência quase esquecera. O réptil de barro que a irmã fizera na escola e lhe oferecera estava fora do lugar.

Ágata falava com Renato quase todas as noites, por Skype. A ligação falhava com muita frequência.

Ágata recebeu um postal ilustrado de Eva que representava o santuário do Bom Jesus, fotografado segundo quatro ângulos diferentes. "Desculpa lá mas não consegui encontrar nada mais piroso, e não foi por falta de procurar. Escrevo-te desta amostra de metrópole, com uma caneta esferográfica azul que ameaça deixar-me mal a cada letra..."

Com a brevidade a que a obrigava o retângulo de cartolina, Eva revelava novidades inesperadas. As recentes alterações nas leis da associação iam obrigar a novas eleições. Tudo dissolvido, tudo por reconstruir, novos estatutos por redigir. Em suma, a tábua rasa com que sonhou Descartes.

Portanto, era assim.

Ah, ter a urgência da juventude, a impressão de cavalgar o tempo, a pessoa amada e oito metros quadrados de superfície útil à sua espera, mais as áreas comuns.

Dezembro 2011/Janeiro 2012

Voi che sapete

Há quem afirme que as vagas de calor demasiado intensas têm o poder de diluir a virtude e a moral num caldo moroso de acasos e acidentes. No Verão de que aqui se fala, Coimbra era castigada com temperaturas próximas dos 40 graus pela terceira semana consecutiva. Só se permanecia na cidade por obrigação, infortúnio ou inconsciência. Os espaços públicos, castigados pelo sol durante os dias demasiado longos, eram percorridos com parcimônia e cautela. Sussurrava-se em vez de falar, dentro de portas e no exterior, como se a esperança de alguma vez a canícula acabar fosse um animal arisco.

Uma residência de estudantes é um lugar cuja ocupação é, por natureza, sazonal. Os efeitos conjugados da inclemência estival e do calendário escolar tinham deixado deserta uma república, situada na parte velha de Coimbra, que se distinguia das demais por não ter nome. O edifício, alto e estreito, confundia-se com as fachadas castanhas dos que o ladeavam. Havia cinco andares; em cada andar, havia um só apartamento, com três quartos e uma cozinha comunitária. Subia-se por uma escadaria estreita e irregular. Entre cada andar, uma janela larga permitia avistar um pátio interior, comum a outros edifícios contíguos. No pátio, havia um tanque de lavar a roupa, uma macaca desenhada no chão a giz branco, dois cones de sinalização rodoviária a servir de baliza e um carrinho de supermercado, como num filme com escrúpulos de realismo social.

Vasco descia as escadas entre o quarto e o segundo andar. Descia as escadas agora e repetidas vezes, dia após dia. A situação era a seguinte. Vasco vivia num quarto do segundo andar, um quarto exíguo em todas as dimensões menos na da altura, tornado ainda mais pequeno devido à acumulação de objetos, roupas, jornais, latas vazias. Era o quarto mais exposto ao sol durante o dia, aquele em que o ar se tornava mais hostil de tão irrespirável, aquele em que uma permanência mais prolongada se confundia com um ato de loucura. E contudo Vasco partilhara aquele mesmo quarto com outra pessoa durante um ano completo, sem excluir qualquer das estações e sem guardar recordações de desconforto. Quase todos os livros, cerca de dois terços dos CDs e talvez uma ou outra peça de roupa de pequena dimensão, perdida num fundo de gaveta, pertenciam ainda a Leda, que chamara também seus àquele teto e paredes durante esse tempo, até ter decidido ir-se embora. Leda vivia agora no mesmo prédio, mas dois andares mais acima. O seu quarto era mais fresco, mais amplo e mais escuro do que aquele que partilhara com Vasco. Vasco gostava de pensar que era devido à nostalgia, ou a um tortuoso mecanismo de negação, que Leda preferira deixar quase todos os seus livros no segundo andar. Leda dedicava todas as horas de cada dia deste Verão, quente a ponto de se poder falar em maldição divina sem receio de chocar, à conclusão da sua tese sobre as campanhas militares que se seguiram à restauração de 1640. Quando Leda precisava de consultar um livro de referência, verificar uma data, tirar a limpo um detalhe, pedia o obséquio a Vasco, que nunca estava a uma distância que um chamamento de volume mediano não fosse capaz de transpor. Quase sempre Vasco languescia na divisão contígua àquela onde Leda trabalhava, folheando bandas desenhadas antigas e ansiando pela ocasião de ser útil. Quando os seus serviços eram solicitados, descia as escadas quase com solenidade, entrava no seu quarto inabitável e permanecia apenas o tempo de folhear o Veríssimo Serrão, o Alexandre Herculano ou o Oliveira Marques, gravar na memória a informação requerida e regressar para a transmitir ao mais atento e delicado ouvido de Coimbra.

De cada vez, Leda agradecia com um sorriso luminoso e nunca deixava de insistir com Vasco para que ele saísse, apanhasse ar, aproveitasse a sua condição de homem livre sem compromissos nem prazos para respeitar. Vasco deixava ver o sorriso pudico daqueles que prezam as pequenas dádivas da vida num grau que o senso comum consideraria excessivo, garantia a Leda que preferia ficar ali ao seu serviço, que a pilha de bandas desenhadas ainda nem ia a meio, que já se afeiçoara ao gato que costumava estar empoleirado no parapeito da janela entre o terceiro e o segundo andares.

Vasco descia as escadas com a lentidão dos ociosos mas sem a indolência no passo, que era tenso e ritmado. Trazia na mão um papel onde estava escrita uma pergunta, na caligrafia de Leda, que era elaborada e angular. Qual foi a carreira do duque de Osuna depois do seu malogro como comandante das tropas espanholas na batalha de Castelo Rodrigo? Leda escrevia as perguntas em retângulos de papel que eram folhas de rascunho cortadas em oito. Leda repetia a pergunta em voz alta depois de estender o retângulo de papel a Vasco. Com o tempo e a prática, Vasco aperfeiçoara a arte de aparentar indiferença apesar do alvoroço que nele causava aquela voz plácida e musical, alimento e fundamento da sua vida, inspiração e alegria sublime.

Entre o terceiro e o segundo andares, a janela tinha como ocupante habitual um gato de pêlo longo, que se acomodava o melhor que podia na estreita nesga do parapeito e vigiava os acontecimentos no pátio, tão raros e esparsos nesta altura do ano. O gato não se distinguia pelas aptidões sociais, e Vasco, por norma, limitava-se a responder à indiferença dele com a sua indiferença. Nesse dia, um súbito movimento de cabeça de um animal tão plácido e pouco dado aos repentes chamou-lhe a atenção. O que vira ele pela janela? Vasco olhou por cima do dorso tenso do gato, sem conseguir vislumbrar o que quer que fosse que pudesse ter justificado o sobressalto. Atribuiu a fugaz e minúscula impressão alaranjada no seu campo visual a um artefato óptico. Apressou-se a descer o que faltava para chegar ao seu quarto inabitável, esclareceu nos compêndios o destino honroso do duque de Osuna, voltou a subir as escadas sem se permitir mais do que um relance mecânico ao bichano novamente inerte, transmitiu as informações a Leda, que o escutou de perfil como num retrato de Piero Della Francesca, atenta e pródiga em gratidão na justa medida do favor.

Um dia sucedeu-se ao anterior, na cadência mole apropriada ao mês e à cidade paralisada pelo calor. Vasco acordou com uma banda desenhada no colo, deitado no colchão que por vezes acolhia as suas sestas, ao lado da sala de trabalho de Leda. Quanto tempo dormira? Não tinha relógio e deixara o telemóvel no quarto. A luz do dia infiltrava-se por debaixo da porta. Vasco ouviu o ruído dos dedos de Leda no teclado, bateu à porta, entrou. Leda saudou-o, risonha, fresca, sem denunciar a noite sem sono (mais uma).

— Está um dia esplêndido, como sempre. Queres ser um anjo mais uma vez e ir procurar a referência daquela citação sobre o número de canhões e morteiros do exército espanhol na batalha das Linhas de Elvas?

Desta vez, Vasco assomou à janela assim que viu a tensão no corpo do gato. Abriu a janela, que era de batentes. Espreitou para fora e viu no pátio a rapariga vestida de cor-de-laranja, quase encostada à fachada, a expressão e a atitude de quem aguarda algo de belo e que virá de cima. Não era para Vasco que ela olhava, mas sim para um dos andares superiores. Rodar o pescoço para olhar para cima foi uma decisão por parte de Vasco, mas o movimento de interceptar e guardar o objeto que tombava foi um reflexo puro.

Era uma flor, uma rosa vermelha, fresca, cor de vinho. Um dos espinhos espetara-se-lhe no polegar. Vasco chupou a gota de sangue.

Lá fora, a rapariga continuava a olhar para cima. No seu olhar não havia decepção nem dor, apenas a absurda certeza de que o que havia para acontecer acabaria por acontecer graças ao fluxo normal das coisas e não por qualquer oblíquo cambiante do destino. O último relance que Vasco se concedeu deixou-lhe na memória a imagem de um rosto redondo, branco, maquilhado; de sobrancelhas longas e escuras; de um penteado à Louise Brooks mas em louro-melaço; de um sorriso muito doce que parecia desenhado.

Vasco trazia a rosa na mão direita, na mão esquerda o quadrado de papel rabiscado com as informações que Leda solicitara.

— Que flor tão bonita — disse Leda, roçando com o nariz as pétalas para sentir o seu aroma. Demorou-se, em silêncio. Pôs a flor num copo cheio de água que estava à sua beira, como de propósito.

— Não te piques — disse Vasco.

— Não te preocupes. De onde vem esta rosa?

— Encontrei-a por aí. Três morteiros e dezanove canhões, mas um deles perdeu uma roda e ficou imprestável.

Quem teria arremessado a rosa? As especulações cruzavam a mente de Vasco e interferiam com a sua leitura. Estaria alguém a viver no quinto andar do prédio? Vasco acreditava que a república estava deserta com a excepção de Leda e dele próprio, mas não podia ter a certeza. Saiu para o patamar movido pela intenção, pouco firme, de subir um andar e dissipar as dúvidas, mas a descida pareceu-lhe de súbito infinitamente mais desejável do que a ascensão. Lembrou-se de que ainda sobrava uma lata de Coca-Cola fresca na pequena geladeira que lhe servia de mesa-de-cabeceira. Desceu até o seu quarto.

Da janela, avistava-se um final de tarde que prometia alguma trégua no calor. Vasco decidiu ir fazer compras a um minimercado próximo. Era pouco provável que Leda o chamasse àquela hora.

No caminho de regresso, Vasco foi interceptado por uma jovem da sua idade: vestido curto, cabelo volumoso e frisado, óculos escuros de lentes grandes e redondas. Vasco recordava-se vagamente de a ter visto nos corredores da Faculdade, mas não tinha a certeza disso. Pousou no chão os sacos de compras.

— És tu aquele que desvia flores do seu percurso natural com a agilidade de um atleta?

— Não faço disso um hábito.

— Não é crime nem é delito, mas reparaste na expressão de desgosto da destinatária?

— A expressão dela não foi de desgosto. Eu estava só a dois andares e meio de altura e distingui claramente um sorriso. Parecia desenhado na maquilhagem, mas era sincero.

— A tua maquilhada sorridente tem nome, sabias? Chama-se Lídia, é um amor de pessoa, estuda Linguística e sorrir de orelha a orelha é a maneira dela de dizer que a vida acaba de lhe desferir um golpe.

Quem seria aquela rapariga? O que a teria levado até ali? O seu tom era mais de ironia do que admoestação. Havia congelados dentro dos sacos de plástico. Vasco não podia demorar-se no meio daquele fim de tarde de Verão.

— Deixa-me ajudar-te com esses sacos. O meu nome é Berenice.

Estavam a poucas dezenas de passos da república. Respirava-se a custo dentro do quarto de Vasco. Vasco não convidou Berenice para ficar. Continuaram a conversa no patamar sombrio do segundo andar.

— Essa Lídia é uma amiga tua?

— Passamos tempo juntas e trocamos confidências em número suficiente para eu distinguir nela a indiferença fingida da indiferença autêntica, para eu saber que para ela o amor é isto: um objeto a fazer as vezes de testemunho de um sentimento genuíno, uma flor arremessada a horas certas, guardada e aconchegada contra o peito.

— A inversão dos papéis: o rapaz à janela como uma donzela emparedada pelo ciúme; a rapariga livre de palmilhar a cidade, passear o seu segredo pelos recantos de Coimbra. Quem é ele? Pensei que o prédio estava deserto.

— Não é como se eles não se vissem no mundo: saem, vão aos bares, frequentam festas. Mas é para o ritual que vivem, para a antecipação do momento, para a repetição sem risco.

— Arrependo-me de ter agarrado a rosa. Ainda por cima, feri-me num espinho.

— Tira o penso do dedo. Parece-se demasiado com um troféu e por esta altura a ferida já cicatrizou há muito. Sufoca-se aqui dentro, o ar não circula. Vem daí, deixa o Rapunzello do quinto andar debruçado da janela, entretido a subverter os estereótipos de gênero dos contos de fadas. Quero mostrar-te uma coisa, aliás várias coisas.

— Tenho alguém à minha espera.

— Quem espera por ti?

Vasco falou-lhe de Leda, descreveu Leda e a teia de obrigações que o unia a ela, tão mais complicada quando posta em palavras do que vivida.

— Não é caso de vida ou de morte — disse Berenice. — A tua laboriosa Leda não sentirá a tua falta e, se sentir, nada a impede de descer dois andares pelo seu pé, folhear os compêndios e confrontar a sua impressão com a palavra do historiador escrita preto no branco. Anda, o fim de tarde está maravilhoso. Com um pouco de imaginação, até se sente uma brisa a refrescar a pele. Queres trazer alguma coisa, ou talvez subir para ir buscar uma banda desenhada?

— Estou bem.

O que Berenice tinha para mostrar a Vasco ficava na parte mais velha de Coimbra e era um edifício largo e baixo, cuja fachada, crivada de janelas pequenas e quadradas distribuídas sem ordem aparente, remetia para tempos antigos. Dava para um largo aonde se chegava por uma rua estreita e inclinada em que mal cabiam duas pessoas de braço dado.

— É aqui que eu moro — disse Berenice. — Esta é uma república de estudantes, mas prepara-te para contar as diferenças em relação à tua. Para começar, repara nas dificuldades técnicas que se colocariam a quem pretendesse apoderar-se de projéteis arremessados do edifício para o nível térreo, fossem estes testemunhos de amor romântico ou elementos do mais rasteiro cotidiano. Mas ninguém se entrega a esses exercícios por aqui. Não confiamos na força da gravidade para alcançar os nossos objetivos, conhecemos outros meios, menos expeditos mas mais obedientes à nossa vontade de homens e mulheres livres. Subimos?

A república era composta por um único piso. Um corredor longo e retilíneo era ladeado pelas portas dos quartos, dispostas regularmente. Ao fundo havia um espaço comum que funcionava como cozinha e sala de convívio.

— Conta-se que isto foi um convento — disse Berenice —, mas também há quem garanta a pés juntos que nunca passou de um albergue para viajantes. Há quartos individuais e quartos ocupados por mais de uma pessoa. Ninguém controla quem dorme em cada quarto. A república é gerida por um coletivo, somos os nossos próprios senhorios.

— Deve fazer muito frio, no Inverno.

— Passamos horrores por causa do frio, agravados pelo hábito de andarmos descalços ou de meias. O atrito das solas dos sapatos com este chão de tacos de madeira produz um ruído abominável e pouco amigo da discrição.

— Discrição? De quem se querem esconder?

— Esta arquitetura é a ideal para criar laços entre as pessoas, exatamente ao contrário do amontoado vertical de estratos onde gastas os teus dias. Aqui, quando alguém tem alguma coisa a tratar com alguém, sai do seu quarto e vai ter com essa pessoa, passo após passo, com toda a naturalidade. Às vezes isso é feito à vista de todos, outras vezes a situação requer sigilo. É como na vida.

— Sigilo? Dá-me um exemplo...

Tinham chegado à sala comum, que era ampla e parecia ter sido mobilada ao sabor dos caprichos de sucessivas vagas de ocupantes. Berenice apontou para um sofá coberto por um xaile multicor, gasto pelo uso, e deixou-se cair numa cadeira de baloiço.

— Dorme aqui esta noite, Vasco. Se é exemplos que queres, vais ter um nunca-acabar de exemplos. Uma coleção, um rosário interminável de exemplos, um caleidoscópio de experiências que irá reduzir à condição de termo de comparação indigno o prosaico arremesso de uma rosa, na esperança de que o ente querido a apanhe em vez de um *voyeur* oportunista.

— Este sofá é confortável, mas não me vejo a dormir nele. Não tenho roupa para mudar nem escova de dentes. Acho melhor regressar.

— Vasco, fica onde estás. Estamos no Verão, o que não falta são quartos livres. És de estatura média, havemos de encontrar alguém que te empreste uma camisa e umas *boxers* compatíveis com o teu sentido estético. Há uma loja de conveniência aberta até tarde a duas esquinas de distância. Até podemos comprar pensos rápidos para a tua ferida no dedo, que afinal, dou a mão à palmatória, ameaça reabrir a qualquer momento. Fica. Se é por causa da tua Leda, dez contra um em como ela ainda não se apercebeu da tua escapadela.

Vasco dormiu o sono dos justos e dos simples numa cama por fazer de um quarto austero decorado apenas com duas reproduções: uma da *Vénus* de Cranach e a outra da lata de sopa Campbell's de Andy Warhol. A janela quadrada parecia ainda mais pequena vista de dentro do que vista de fora. Quando acordou, Vasco deixou-se ficar na cama por uns minutos, a pensar em Leda. Não tinha mensagens novas no telemóvel. Sem saber o que fazer, explorou a estante (muita ficção portuguesa da primeira metade do século XX, Joaquim Paço d'Arcos, Raul Brandão, Manuel Teixeira-Gomes). Quando se fartou, saiu do quarto e dirigiu-se à cozinha, onde encontrou dois jovens da sua idade: um deles estava de pé, era alto e ruivo e exprimia-se num português correto mas cheio de sotaque (escandinavo, holandês?); o outro, barbudo e avantajado, estava sentado com uma malga de café com leite nas mãos. Saudaram Vasco com uma afabilidade que não traía a mínima surpresa por darem de caras com um desconhecido. Ofereceram-lhe leite, cereais e metade de uma carcaça. Despediram-se sem se apresentarem.

— Vejo que já travaste conhecimento com o Klaus e com o Ezequias.
— Berenice parecia diferente. Talvez fosse da ausência de maquilhagem, talvez fosse da maneira como estava vestida: blusa preta, calções de caqui, sandálias. O cabelo estava apanhado por uma tira de pano cinzenta.
— São os madrugadores de serviço. Quando todos os outros ainda ressonam, já eles fizeram 50 elevações, devoraram os seus Corn Flakes e descobriram pelo menos uma verdade fundamental da existência. Já comeste? Então vem daí.

O primeiro dia de Vasco na Residência foi dedicado a conhecer os protagonistas. Berenice tomou-lhe o braço e fê-lo percorrer o corredor com a lentidão de um cicerone consciencioso. À frente de cada porta, fechada ou mostrando um interior desabitado ou uma cena doméstica povoada, Berenice inteirava Vasco sobre as circunstâncias do seu ocupante, numa voz sussurrada mas de dicção claríssima.

Inácio era um solitário que idealizava o amor. Era raro encontrá-lo no quarto. Passava grande parte do tempo a vaguear por Coimbra, em busca de confirmações para os seus ideais. Era um conversador nato e aceitava de bom grado ser contrariado, mas as suas construções mentais, buriladas ao longo de anos, eram imunes a evidências. No trato, era simpático e delicadíssimo.

Tatyana era daquelas que esmorecem e definham após uma ruptura. Era vê-la agora deitada de bruços em cima da cama, abraçada a uma almofada, num quarto onde abundavam os sintomas de negligência e indiferença. A curva descendente do seu ânimo era tão previsível que se diria tratar-se de um percurso conhecido e balizado, quase uma purga, em vez de um vulgar abandono às marés aleatórias da depressão. Tatyana era filha de pais russos e tinha um sinal de nascen- ça conspícuo na pálpebra esquerda, negro sobre a pele muito branca, que só se via quando ela fechava os olhos.

Ester e Minerva amavam-se mas tinham decidido "dar algum tempo" a si mesmas, para verem o que a sucessão dos dias e semanas faria a um sentimento que julgavam duradouro e sólido. Era uma experiência e um exercício de conhecimento. Tinham ambas abandonado o quarto que partilhavam. No quarto, agora deixado vazio, respirava-se a sua presença.

Luz e Ezequias (o rapaz da malga de café com leite) tinham começado por partilhar gostos e convicções. Com o andar do tempo, as afinidades tinham-se mudado em carinho e em amor. Agora, passado o sobressalto e a surpresa de se encontrarem juntos, redescobriam as afinidades (filmes, livros, quadros) por aquilo que estas eram, e (muito em segredo) receavam que a matéria-prima de que era constituído o seu amor fosse afinal demasiado mesquinha.

— Mas tu estás a tirar notas!? — exclamou Berenice.

— É melhor assim. O que passa pela minha cabeça não deixa rastro — explicou Vasco.

— Deita isso fora e vamos sair. O dia está demasiado lindo para que a ideia de me ofereceres um gelado não te ocorra.

Vasco rasgou a folha do bloco de notas, mas enfiou-a no bolso de trás das calças em vez de a deitar fora. Nunca lhe ocorrera oferecer um gelado a Berenice, mas percebeu de repente que cobiçava uma taça com três bolas e *topping* de caramelo mais do que qualquer outra coisa no mundo.

Mais tarde, sentado à mesa de uma esplanada na baixa de Coimbra, no momento em que começara a assimilar a certeza lúgubre de que a amêndoa e o maracujá casavam melhor na imaginação do que no mundo real, Vasco foi arrancado à contemplação do progresso penoso dos transeuntes pela voz de Berenice, para quem aquele momento não passara de um interregno agradável na sua missão de o instruir sobre os labirintos das paixões humanas.

— Falta falar-te da Samanta e do Júlio.

— O que têm a Samanta e o Júlio?

— Esses dois... No passado recente deles haveria pasto para histórias das mil e uma noites, repletas de ramificações, de notas de rodapé e de camadas sobrepostas, mas vou ficar-me pelo básico. A Samanta e o Júlio vivem lá na residência e andam juntos, essa é a parte mais fácil de contar. Estão um com o outro há anos, adoram-se e foram feitos um para o outro. Mas acontece, vê lá tu, que se lhes meteu na cabeça que estava na altura de porem ponto final na relação. Não me perguntes nada sobre o emaranhado de razões, argumentos, pressentimentos e agoiros que os conduziu a essa conclusão funesta; não quero ir por aí, e tu, Vasco, tão pouco queres ir por aí, acredita em mim. O que é certo, e do domínio público, é que eles querem acabar. Ora bem, uma relação tão longa e tão sólida não se interrompe com um estalar de dedos. Moral da história: por vontade de esperar pelo momento certo, por inércia, por isto ou por aquilo, eles continuam juntos, mas cada vez mais impacientes e implicativos um com o outro.

— Essa história é menos invulgar do que julgas. Conheci dezenas iguais, a minha experiência das coisas do coração é menos parca do que julgas. Pelo que descreves, esse Júlio e essa Samanta estão simplesmente à espera da ocasião certa, que há-de surgir vinda do nada, como um relâmpago ou uma ideia repentina. É sempre assim que as coisas acontecem.

— Achas? Achas mesmo que sim? Pois é, já me esquecia: tu acreditas na singularidade, no golpe de asa, no instante de inspiração, na flor desviada do trajeto que as leis naturais lhe impunham. Não compreendes que certos processos têm de existir no tempo, que as cadeias de acontecimentos e os arabescos que os acompanham têm uma duração incompressível, uma lógica e um ritmo próprios. A não ser, claro está, que alguma intervenção exterior mais ou menos providencial precipite os acontecimentos. O que mais abunda por aí são *dei ex machina* amadores, mais ou menos bem intencionados, mais ou menos canhestros. E é aqui que entras tu, Vasco.

— Que entro eu? Não, eu não entro em lado nenhum.

Não quero meter-me no que não me diz respeito.

— Deixa-me explicar-te a situação. Vais ver que tem um encanto muito especial. O Júlio, fecundo em recursos como sempre foi, teve a brilhantíssima ideia de começar a fazer a corte à Penélope. A Penélope é uma estudante de Enfermagem que não é má rapariga mas que parece ter medo da própria sombra, e cujas afinidades com o Júlio parecem resumir-se a uma ascendência transmontana de que ambos se orgulham. O estratagema salta aos olhos: o objetivo é o de quebrar o impasse, o de mostrar ao mundo e aos principais interessados que os tempos de idílio entre ele e a Samanta passaram definitivamente à história. Pois bem, surpresa das surpresas, não resultou. A Samanta não se deixa convencer por um ardil tão transparente. Longe de se afastar do Júlio, dá sinais de se reaproximar. Aquilo que se impunha, neste momento, era encontrar um pretendente para a Samanta, mas um que fosse convincente, não uma marionete.

— Não aspiro a ser a causa de uma ruptura. O meu cadastro passa muito bem sem esse pecadilho. Além disso, não tenho tempo.

— Claro que tens tempo, tens tanto tempo entre mãos que não sabes como o ocupar, a não ser fazendo recados e subindo e descendo as escadarias de um prédio decrépito e deserto. Pensas que a tua Leda vai sentir cruelmente a tua falta? Desengana-te, não deixaste qualquer vazio por preencher, um ou dois suspiros de resignação será tudo o que a tua ausência merecerá. Só lhe fará bem aprender a levantar-se e queimar algumas calorias, descer ela própria até o teu andar e consultar ela própria os canhenhos no teu quarto onde o ar não circula quando quiser verificar a verdade dos fatos que com tanto esforço e devoção verte para o seu documento. Não só te sobra tempo, como me parece que seria bom para ti consumir esse tempo fazendo parte de um processo dinâmico por natureza, sujeito a caprichos, imprevisível, declinável em causas e consequências, vulnerável ao livre-arbítrio dos seus intervenientes. No mínimo dos mínimos, deixa-me apresentar-te a Samanta e verás como tudo o resto acontecerá com naturalidade. Já acabaste o teu gelado?

De volta à residência, Berenice retirou-se discretamente depois de conduzir Vasco até o quarto que Samanta e Júlio partilhavam. O quarto era minúsculo: no interior, mal havia espaço para o colchão de casal e para uma estante da Ikea repleta de livros. Quis o acaso que Samanta estivesse sem mãos a medir com a tarefa de arrumar os livros da estante. Aceitou de bom grado a oferta de ajuda de Vasco.

— És amigo da Berenice?

— Mais ou menos. Foi ela quem me trouxe aqui, eu não conhecia esta residência. Conhecemo-nos desde ontem.

— Perguntei por perguntar.

A maior parte dos livros eram sobre filosofia, psicologia e sociologia. Samanta mudou três vezes de ideias quanto à maneira de os ordenar: nem a ordem alfabética de autor, nem a época nem o assunto lhe pareceram critérios adequados. Ao fim de um par de horas, vencidos pela enormidade do esforço, limitavam-se já a conversar, sentados em cima do colchão. Samanta mostrava a Vasco algumas passagens escolhidas dos livros que ia retirando, um pouco ao acaso, do montículo que tinha aos seus pés.

A fisionomia de Samanta não encaixava no estilo a que Vasco atribuía a sua preferência. Samanta era alta e estreita de corpo. O seu físico de bailarina condizia com a precisão musculada que imprimia aos seus gestos mais triviais. O cabelo era castanho, corrido e solto, os traços faciais pareciam convergir para o queixo pontiagudo, os olhos eram inteligentes e vivazes. Vasco habituara-se a aceitar como fato consumado a sua parcialidade para com figuras cheias e plácidas, mais dadas à escolástica e ao repouso do que ao exercício, mas viu-se compelido a achar Samanta atraente e não pôde suprimir a vontade de passar mais tempo com ela.

— Deixemos os livros como estão, a confusão engendra a descoberta — disse Samanta. — Ofereço-te um copo para agradecer os teus bons e leais serviços. Que dizes?

— Eu ofereço o segundo.

— Conheço um sítio fixe, mas é longe de mais para ir a pé. Tens carro?

— Não tenho carro, mas sei a quem pedir emprestado.

— Não te preocupes, eu tenho mota. A não ser que a ideia te assuste.

Passaram um serão muito agradável, num bar onde o ambiente era fantástico, a música excelente.

Samanta ainda não falara sobre Júlio; Vasco preferia não lhe dar entender que estava ao corrente de tudo.

Na manhã seguinte, Vasco acordou no mesmo quarto alheio da noite anterior com a vaga certeza de que, para ter passado a noite com Samanta, teria bastado quase nada, uma ou duas frases que manifestassem essa vontade, um olhar mutuamente sustentado por mais um ou dois segundos.

Vasco levantou-se e vagueou pela residência, incapaz de encontrar Samanta. Berenice não estava no quarto. Mesmo àquela hora matinal, o calor anunciava a sua presença, invadia os espaços, dificultava a respiração. Do fundo do corredor, Klaus acenou amigavelmente, vestido apenas com umas *boxers* brancas, de toalha ao ombro.

Vasco passou a manhã a ler e a dormitar. As horas foram passando. "Mesmo que ela demonstre interesse em mim", pensou Vasco, "será apenas porque quer magoar o Júlio, pagar-lhe na mesma moeda. Estas coisas estão constantemente a suceder."

Vasco foi à cozinha para beber um copo de água. O calor era tanto que a água saía morna da torneira. Ester apareceu, com a maquilhagem desfeita e o aspecto de quem acaba de despertar de um sono pesado e pouco repousante. Ester bebeu sumo de maçã diretamente do pacote que retirara da geladeira. Sorriu para Vasco, um pouco como camaradas de armas com o moral por terra costumam sorrir uns aos outros.

— Ainda restará alguma alma viva em Coimbra? Ou seremos só nós os dois?

Ester contou a Vasco que fazia voluntariado na ala pediátrica dos Hospitais Universitários. Levava livros e lia em voz alta para as crianças internadas. Fazia-a sentir-se melhor na sua pele, e agora mais do que nunca. Vasco julgou que Ester estava a referir-se à sua separação recente.

Vasco aceitou acompanhar Ester ao hospital. Passaram um par de horas muito agradável. Leram um conto de Eça de Queirós a um adolescente que sofrera uma infecção urinária e a uma rapariga cuja doença não chegaram a descobrir. Vasco e Ester faziam vozes diferentes para cada personagem. Depois da leitura, deixaram-se ficar a vaguear pelas imediações do hospital, aproveitando a relativa frescura que a tarde trouxera.

— Não se acredita naquilo que a passagem do tempo faz ao amor — disse Ester com a voz carregada de amargura.

— O tempo tem um poder desmedido — disse Vasco, acenando vagamente com a mão.

— Já soube que te aproximaste da Samanta. Acho óptimo. Não tenho nada que achar nem deixar de achar, mas fico feliz por ela. Ela e o Júlio pareciam apostados em deixar a relação cair de podre. Nestas coisas, é preciso agir, não deixar que o tempo nos imponha as suas leis terríveis.

Vasco não conseguia perceber se Ester estava a assumir, sem o dizer, que Samanta não vira nele mais do que um degrau para escapar às tais leis terríveis. Mas, e se fosse assim? Vasco nunca alimentara ilusões e ninguém, a começar por Berenice, lhe fornecera qualquer pretexto para se imaginar mais do que um figurante no percurso de Samanta, na direção de algo que o futuro lhe prometia, à medida da sua graciosidade, do seu apetite pela existência.

E com que desprendimento falava Ester, como se não fosse parte interessada nos delicados processos de interação entre a cronologia e os sobressaltos do coração! Claro que não poderia tardar a inflexão na direção dos seus traumatismos recentes.

— É assim, não me afastei da Minerva nem pusemos ponto final em nada. Está tudo em aberto. Encontro-me com outras raparigas, ela se quiser pode fazer o mesmo, é lá com ela.

— Vivem a vossa vida, no fundo.

— Exato, é isso.

Regressaram a pé, dois peões solitários numa cidade a que o sol declinante conferia um aspecto de fim de festa.

Vasco passou os dias seguintes entre a residência e as ruas limítrofes, entre a vigília modorrenta e o sono frágil. Saía frequentemente com Samanta, iam jantar, a bares e ao cinema. Davam-se bem e partilhavam gostos e opiniões, e contudo Vasco sentia que a relação estagnava, não evoluía. As conversas fluíam com desenvoltura, mas faziam invariavelmente tangentes cheias de prudência aos assuntos mais delicados e íntimos, como se um acordo não escrito, em vigor desde o início, os impedisse de ir mais longe no conhecimento mútuo.

Vasco deu por si a tentar descobrir segundos sentidos em tudo aquilo que Samanta dizia na presença de Júlio, por mais inócuas e neutras que fossem as frases que ela dirigia ao ex-namorado. "Não se põe para trás de costas, de um dia para o outro, uma história tão longa e intensa como a que eles viveram", dizia Vasco para si nas horas de insônia, debruçado à janela, aspirando com violência o ar estagnado da noite coimbrã.

Um dia, Ezequias veio bater à porta do quarto que Vasco ocupava. Sentou-se no chão, demorou-se, demasiado embara- çado para ir direto ao assunto e sem ânimo para inventar um pretexto. Vasco estranhou aquele comportamento, pois ele e Ezequias davam-se bem e não havia cerimônias entre ambos.

— Queres dizer-me alguma coisa, Ezequias? Vá lá, sou todo ouvidos.

— É assim, Vasco, queria pedir-te que me fizesses um favor

— Se estiver ao meu alcance, conta comigo.

— É muito simples. Vou fazer uma encomenda online e queria fazê-la em teu nome. Deve chegar para a semana. Está tudo pago, só tens de a receber, guardar e dar-ma quando eu te pedir.

— Mas por quê...?

— É por causa da Luz. Não quero que ela saiba. Mas não te preocupes, não é nada de ilegal nem de comprometedor, são só uns livros e umas coisas assim.

— Bem, se é só isso, claro que é na boa.

— É que se calhar não vou estar cá quando entregarem a encomenda, estás a ver. Além disso...

— Não tens de te justificar.

— Mas eu quero explicar, acho que tens direito a saber, já que vais fazer isto por mim. As coisas entre mim e a Luz estão complicadas, não compreendo por quê e se calhar ela também não, mas agora discutimos por tudo e por nada e não vejo maneira de as coisas melhorarem.

— Não me custa nada fazer-te este favor. É o mínimo, é para isto que os amigos servem.

— Sabes, acho que o problema foi começarmos, cada um do seu lado, a questionar aquilo em que se baseava o sentimento que tínhamos um pelo outro. Foi um erro, não é uma coisa que se deva fazer nesta fase da relação. Tentar ir ao fundo das coisas é uma tentação terrível e quando se começa já não dá para voltar atrás. Apercebi-me de que aquilo que nos unia e atraía era frágil, não passava de um amontoado de coisas em comum que se esboroava assim que lhe tocávamos, não tinha consistência. E sei que ela fez o mesmo percurso. Olhávamos um para o outro e cada um via dúvida no olhar do outro. As discussões começaram por causa disso, tenho a certeza, foi uma espécie de fuga em frente, uma revolta contra a evidência.

Vasco deixou-o falar. Ezequias precisava de desabafar e Vasco sentia-se bem na presença dele, não lhe desagradava escutar aquela voz arrastada e desiludida que ressoava no corpo volumoso do amigo. Na semana seguinte chegou a encomenda. Era uma embalagem de cartão do tamanho de uma caixa de sapatos. Vasco guardou-a no quarto até que, dias mais tarde, Ezequias, com a expressão tensa de quem abomina a duplicidade, a veio buscar.

Nos dias que se seguiram, Vasco interessou-se pelo caso de Luz e Ezequias. Vasco simpatizara com Luz desde o início. Luz era a doçura em pessoa, irradiava boa disposição e parecia incapaz de uma palavra de rancor ou de um movimento de mau gênio. Vê-la sofrer parecia, mais do que uma circunstância da vida, uma ofensa brutal ao mundo.

No entanto, Vasco hesitava em aproximar-se de Luz, por vários motivos. Em primeiro lugar, as incertezas sobre o seu envolvimento com Samanta faziam-no recear dar a impressão de intimidade acrescida entre ele e Luz. Em segundo lugar, a última coisa que Vasco queria era parecer que estava a tomar partido entre Luz e Ezequias e assim correr o risco de perder a amizade de ambos. Por fim, a natureza da encomenda que Ezequias lhe pedira para guardar continuava a intrigá-lo e a necessidade de manter aquele segredo iria constranger qualquer conversa que tivesse com Luz.

Berenice, entretanto, parecia cada vez menos presente. Vasco apenas a via de relance, ou em saídas comuns entre amigos. Berenice nunca deixava de lhe dirigir um aceno amistoso, ou uma piscadela de olho irônica. Vasco atingira a fase em que poderia dispensar um cicerone e movia-se com todo o à-vontade no meio dos ocupantes da residência, que o aceitavam como se fosse um dos seus. Os acenos de Berenice eram os de um mestre que aprova os progressos do seu discípulo e que sabe no seu íntimo que ele chegará longe.

Tatyana simpatizava com o dilema em que Vasco estava envolvido. "Não te cabe a ti resolver a quadratura do círculo, deixa a Luz e os Ezequias seguirem os seus percursos, o que tem que ser tem que ser." O sotaque de Tatyana era quase imperceptível, mas a pronúncia de algumas palavras em português sugeria as suas origens eslavas. Por exemplo, em vez de "compromisso" dizia "campramisso"; a redução vocálica típica da língua russa era tão difícil de contrariar como uma inclinação perversa. Algumas sutilezas gramaticais, como o modo conjuntivo, também a iludiam ainda.

— E se não for aquele o destino deles, Tatyana? E se foram feitos um para o outro? Estão a acabar tudo por causa de um punhado de ninharias. Ninharias, compreendes?

— Vasco, até parece que não tens olhos na cara. Não vês que a Luz agora anda com o Klaus? Estão apaixonadíssimos, não se largam um minuto.

— Achas? Não acredito. O Klaus dá-se bem com toda a gente, é só isso.

— Acredita no que quiseres, mas basta ver a maneira como olham um para o outro.

Vasco e Tatyana estavam a descascar batatas para o jantar dessa noite. Tatyana tinha adquirido reputação como cozinheira exímia e era com prazer que se encarregava, mais amiúde do que o exigiria o espírito comunitário, da confecção das refeições. Os seus pratos de peixe, em particular, nunca deixavam de suscitar uma aprovação geral quase sempre ruidosa. Vasco, que também se desembaraçava menos mal na cozinha, não se fazia rogado para a ajudar nas noites em que não tinha planos com Samanta. Vasco fitou Tatyana disfar- çadamente. Era então verdade que o tempo operava milagres: pouco sobrava daquela criatura ensimesmada, vergada ao peso do desgosto, que Berenice apresentara a Vasco. As dores da ruptura tinham sido ultrapassadas e aparentemente sublimadas em algo parecido com o cinismo. Vasco recusava-se a acreditar que Luz se tivesse envolvido com Klaus tão pouco tempo depois do conflito com Ezequias, mas viu-se forçado a admitir que essa recusa se devia mais a uma ideia feita sobre a maneira de ser de Luz do que à abundância ou ausência de provas nesse sentido.

A pouco e pouco, os diálogos que Vasco mantinha com Inácio evoluíram de trocas de impressões breves e fortuitas para conversas que se prolongavam, extravasavam das refeições ou eventos onde tinham começado para noites de deriva por bares e clubes nocturnos. Para alguém, como Inácio, que surgia com as roupagens e os modos do solitário, ele parecia singularmente bem relacionado. Era raro o estabelecimento onde entravam sem que alguém saudasse Inácio com o prazer genuíno do reencontro desenhado nas feições.

Tudo em Inácio intrigava Vasco, mas talvez a questão para a qual ele se sentia mais ávido de respostas fosse esta: a obsessão de Inácio por construções mentais, pelo ideal em detri mento do empírico, seria uma reação a um episódio doloroso do seu passado, ou uma estratégia pensada para atingir algo, uma iluminação final, uma aproximação à essência, à medula frágil que se escondia por detrás dos grosseiros revestimentos com que a humanidade se ocupava? O discurso de Inácio era fluente e preciso; via-se que a troca de argumentos lhe transmitia prazer. A algumas das suas ideias era impossível deixar de reconhecer originalidade e riqueza, porém Vasco nunca se deixava convencer totalmente. "Ele persegue dois objetivos contraditórios: uma epifania sobre a natureza secreta do amor entre humanos, por um lado, e a sua confirmação em carne e osso, por outro. Quando o mecanismo incomensurável que ele visa estiver enfim perante os seus olhos, resplandecente como a verdade, seguir-se-á a frustração porque o mundo se tornará automaticamente coisa torpe e desadequada. O seu destino é a paralisia." E, contudo, Vasco não se conseguia privar de procurar sentidos e reflexos da sua própria situação nas palavras de Inácio. Vasco olhava Inácio nos olhos até que o adiantado da hora os obrigasse a regressar à rua, como que receoso de deixar escapar um eco, um cambiante, uma sílaba que se aplicasse, com uma exatidão surpreendente, àquilo que estava a viver com Samanta, com Ezequias e com Luz, com Tatyana. Gradualmente, Vasco foi-se afastando de Inácio, que certamente nunca se veria à míngua de discípulos e companheiros de escapadelas noturnas.

Samanta parecia distante. O espetáculo de Samanta a empregar toda a sua inteligência e dissimulação para inventar uma desculpa que a dispensasse de sair com Vasco deixava-o irritado e perplexo. Estaria Samanta a esconder-lhe algo de mais profundo do que uma simples flutuação de temperamento? Recusando-se a dar ouvidos ao seu amor-próprio, Vasco começou a espiar os momentos de intimidade entre Júlio e Penélope. Cada gesto abandonado de ternura era um sobressalto de esperança sentido por Vasco. Talvez a relação entre os dois estivesse, contra todas as expetativas, a ganhar consistência, a desabrochar.

— Tenho-te visto muitas vezes com o Inácio — disse Tatyana. Era feriado, uma sexta-feira; a residência estava quase deserta.

— É verdade — disse Vasco. — Acho uma certa graça ao seu estilo. No bom sentido.

— Nunca simpatizei muito com ele. Ele esquiva-se às pessoas.

— Um bocadinho, é verdade.

— E a Berenice?

— Acho que foi passar o fim-de-semana a casa dos pais. Por quê?

— Por nada. Pensei que soubesses.

Vasco adivinhou segundos sentidos nas palavras de Tatyana, mas a fadiga e o mau humor embotavam-lhe a curiosidade.

Quando a relação entre Klaus e Luz saiu da clandestinidade, tão exuberante sob a claridade ofuscante do domínio público como fora envergonhada e parcimoniosa anteriormente, Ezequias foi-se abaixo, entrou em depressão e quase deixou de aparecer. Vasco era ainda um dos poucos com quem ele aceitava falar. O episódio da encomenda subtraída à aten- ção de Luz fazia agora parte do passado e Vasco já não era o cúmplice relutante, mas sim o amigo menos preocupado com a história e as responsabilidades individuais do que com a missão de consolar e mitigar mágoas.

— Fui um imbecil, Vasco. Fui o príncipe dos imbecis, o prêmio Nobel dos cretinos. Mereci perdê-la dez vezes.

— Não digas isso. Sabes que isso não é verdade.

Mau grado as suas mais nobres disposições, Vasco passou a evitar a presença de Luz e quando era obrigado a falar com ela as palavras saíam-lhe breves e cortantes. Um sentimento difuso de injustiça dominava-o e impedia-o de racionalizar a situação. O despeito era o mesmo que normalmente se reserva aos traidores.

Vasco bateu, muito docemente e servindo-se apenas dos nós dos dedos, à porta do quarto de Ester. Ester estava a ler uma revista. Entreolharam-se, quase cederam ao riso em simultâneo e contiveram-se em simultâneo. Havia muito tempo que não se viam, o sentimento de estranheza tinha cambiantes de comicidade poderosos e inesperados. "Por que diabo passei eu tanto tempo sem ver a Ester?" perguntou Vasco para si.

— Estavas a ler?

— Estava, mas não faz mal. Entra.

— Olha, arranjei bilhetes para o concerto dos Foo Fighters. É amanhã. Queres vir comigo?

— Estás a brincar? Que sorte, esse concerto está esgotadíssimo há semanas.

— Podes vir?

— Claro que posso.

— Bem, na verdade não estou a ser completamente sincero contigo. Arranjei os bilhetes a pensar na Samanta, mas ela afinal não pode ir.

— Vasco, Vasco...

— Tenho a impressão de que ela vai estar lá. Com outra pessoa. É o meu medo, mas preciso de saber. E preferia não estar sozinho.

— Vasco, não digas mais nada, é claro que vou contigo.

Nos acessos ao Estádio Cidade de Coimbra vivia-se um ambiente efervescente digno da Queima das Fitas. Apesar do caos aparente, a mole humana confluía para as entradas do estádio como se seguisse um declive natural, cavado numa encosta pela suave ação dos elementos repetida ao longo dos milênios. Ester tremia de frio, Vasco tentava abrigá-la com os braços, ele próprio surpreendido pelo vento cortante e gelado, fora de estação. Gerou-se uma discussão mais viva a alguns metros de distância. Foram trocados insultos, agressões físicas em seguida. Ninguém prestou atenção à refrega; em breve a normalidade era reposta. O estádio estava cheio. Vasco, com um copo de cerveja esquecido na mão, prestava mais atenção às bancadas do que ao palco, e nem o impacto poderoso da voz e da guitarra de Dave Grohl o distraiu.

— Acho que estou a ver a Samanta — berrou Vasco para Ester —, ali ao fundo, no topo sul. No meio daquele grupo, estás a ver?

— Estás a brincar? A esta distância? Concentra-te na música!

— É ela, tenho a certeza!

— Precisavas de um lornhão, como na ópera!

— De um quê?!

À saída, encontraram um colega de curso de Ester que lhes deu carona até à residência.

Acabaram a noite a beber leite quente, sentados na cozinha.

— Começo a pensar que já passei demasiado tempo aqui. Está na altura de regressar.

— Mesmo que a Samanta se tenha afastado, pode ser que isso tenha sido o melhor para vocês os dois. Vasco, não vale a pena estares a procurar explicações muito complicadas. A Samanta estava vulnerável porque tinha acabado com o Júlio, queria sentir-se acarinhada e tu apareceste precisamente nessa altura. Vocês não tinham nada a ver um com o outro, qualquer pessoa via isso.

— Não foi bem isso que se passou. A ideia original era eu facilitar a separação entre ela e o Júlio, servir de pretexto. Fiquei com a ideia de que seria uma situação em que todos ganhavam. Foi o que a Berenice me explicou. Isto faz algum sentido?

— Mais ou menos. Estou a morrer de sono.

Berenice...

Dias mais tarde, Vasco foi bater à porta do quarto de Tatyana.

— Tatyana, fui ao quarto da Berenice para ver se ela me podia emprestar uma caneta azul e ela não está lá. O quarto está vazio. A roupa e os livros dela desapareceram. Sabes onde é que ela está?

Tatyana pousou o livro que estava a ler e olhou para Vasco com um sorriso triste nos lábios.

— Tu és mesmo um caso perdido, Vasco.

— Não percebo.

— Será mesmo possível que, ao longo deste tempo todo, não tenhas notado aquilo que estava à vista de toda a gente, que a Berenice sofria por ti, que ela te desejava, que só queria estar ao pé de ti? Só lhe faltou escrever isso numa *t-shirt,* ou pagar um anúncio de página inteira no jornal.

— A Berenice? Juro que não. Nunca imaginei. Não pode ser.

— Passou muito mal. Dizia que a vida sem ti não fazia sentido e que tu eras cruel por a deixares na dúvida.

— Até me custa a acreditar. Não é nada o gênero dela.

— Achas? Podia contar-te muito mais coisas que se calhar também não são o gênero dela. Olha, podia falar-te por exemplo da gaveta cheia de cartas que ela te escreveu e nunca enviou. Ou das noites em que fiquei a consolá-la até quase ao nascer do dia, a tentar encontrar as palavras que interrompessem aquele fluxo constante de lágrimas.

— Onde está ela, Tatyana?

— Foi-se embora, foi para a terra dela, não a procures. Não te preocupes com a Berenice, ela cai sempre de pé.

As despedidas resumiram-se a apertos de mão e palavras fugazes trocadas com aqueles que Vasco encontrou no corredor e nas escadas que davam para a rua. Vasco tentou adivinhar a hora do dia, a fase do semestre escolar, o dia da semana e a estação do ano através do movimento humano e automóvel, da luz e do rumor cotidiano, de todos os minúsculos sinais que se oferecem à atenção como pequenas erupções de significado. Vasco cumpriu, a pé e de mãos vazias, o trajeto até o prédio de cinco andares que guardava a sua cama e os seus pertences, num compartimento hostil e irrespirável. A velha fachada, no seu aprumo vertical, trouxe-lhe um feixe confuso de reminiscências e inquietações.

Subiu ao segundo andar, não se demorou no seu quarto mais do que o tempo necessário para olhar em volta e assegurar-se de que nenhuma catástrofe o devassara, não mais do que o tempo de uma expiração e de uma inspiração.

A porta de Leda, dois pisos mais acima, estava aberta. Na antecâmara, o sofá e a pilha de bandas desenhadas estavam no mesmo sítio onde os deixara. Vasco empurrou a porta do quarto sem bater. Leda estava sentada à secretária, a trabalhar. A sua silhueta serena e escura era como uma resposta, vaga mas cheia de um bom senso intoxicante. Leda voltou-se, sem surpresa, como quem coteja tranquilamente o acontecimento com a sua probabilidade, mas também com prazer.

Leda sentia-se cansada porque nesse dia trabalhara durante muitas horas, sem interrupção. Leda e Vasco deitaram-se lado a lado, como sempre tinham feito, antes e depois da ruptura: de lado, uma das pernas ligeiramente flectida, os braços de Leda ao longo do corpo, os de Vasco flectidos e dobrados sobre o peito, a face repousando sobre as mãos unidas.

Partilhavam o leitor de MP3, um auricular no ouvido direito de Vasco, o outro no ouvido esquerdo de Leda. Estavam a escutar a canção "Music for Evenings", dos Young Marble Giants.

— Leda, sentiste a minha falta?

— Tudo continuou como dantes, mas não era a mesma coisa. A forma do teu corpo permaneceu no sofá. Não deixei que mais ninguém se sentasse lá. Aquele côncavo eras tu.

— Como fazias quando querias consultar uma referência para a tua tese? Entraste no meu quarto? Trouxeste livros cá para cima?

— Já sabes que só saio daqui quando uma necessidade absoluta me força a isso. O que eu fiz foi simples: de cada vez que tinha uma dúvida, anotava-a num quadrado de papel que depois guardava nesta lata de rebuçados. Como vês, está quase cheia. Não vais ter mãos a medir nos próximos dias.

— Mas conseguiste fazer progressos no manuscrito?

— Digamos que a minha tese derivou para conjecturas e versões alternativas, ao sabor das incógnitas que iam surgindo e que a tua ausência me impedia de esclarecer. Mas está bem assim. Tem uma certa graça; é libertador. Seguir à letra o curso da História não é tudo o que existe na vida.

— Está muita gente a viver na residência, neste momento?

— Nem queiras saber. Há novos hóspedes que trazem uma corte de amigos e conhecidos, há animação de manhã à noite, descem as escadas com estrondo e tropel, gritam como se o timbre e o volume das suas vozes fosse à medida do seu apetite pela vida — que, neste caso, parece ser dos mais vorazes e selvagens.

Novembro 2011

O ramo dourado 2012 — Uma nova esperança

> *I am less the jolly one there, and more the silent one with sweat on my twitching lips*
>
> Walt Whitman

O homem que eu amo fez-me uma surpresa: escreveu, de uma ponta à outra, a obra-prima de Sir James Frazer, *The Golden Bough,* e não se esqueceu de ma dedicar, com aquela caligrafia rica em curvas e adornos opulentos que em certas ocasiões tanto me exaspera. Encontrei o manuscrito ao regressar a casa, num fim de tarde que nada parecia ser capaz de resgatar a uma banalidade escura e chuvosa. O homem que eu amo deixara-o sobre a mesa da cozinha, não a de imitação de pinho ao centro, mas sim a de fórmica branca de abas rebatíveis, encostada à parede. Incrédula, deixei cair a correspondência que trazia (fatura da France Télécom e postal ilustrado de Zurique), assim como um *Nouvel Observateur* já disforme por causa do manuseamento e da chuva. A espessura do volume, o solene alinhamento das folhas A4, fizeram-me temer algo de funesto, ignoro o porquê. Foi a muito custo de tempo e energia que consegui vencer o meu cepticismo e aceitar que se tratava de um presente, o mais inacreditável e insensato presente que homem amado alguma vez ofereceu a mulher amante.

Enquanto esperava que ele chegasse, sentada na sala à mercê do lusco-fusco e com o manuscrito ao colo como se fosse um animal de companhia, eu pensava nele e na sua nobreza de espírito. Que atencioso da sua parte: escrever, palavra após palavra, frase sóbria após frase sóbria, esse grande e influente clássico da literatura ocidental. Poderia ter escolhido outras obras, obras mais reputadas e mais canônicas, obras que protagonizaram rupturas, obras que sobreviveram de maneira mais feliz ao desfile das décadas. Mas só esta, pela sua proporção desmedida e temerária, pelo escrúpulo com que foi redigida, fruto de um trabalho de quase inverosímil minúcia e erudição, me traria uma satisfação tão profunda. "Limitei-me a escrevê-lo, uma palavra a seguir à outra" disse-me ele, mais tarde, já presente perante mim, voltando para mim o seu rosto, o rosto fulgurante a que o excesso de beleza parece emprestar uma radiância de desplante e escárnio benigno, esse rosto surgindo da penumbra do corredor, fingindo surpresa perante a minha surpresa. O nosso apartamento fica situado na Rue de la Tombe-Issoire, no *14ème arrondissement*. Da janela vê-se o viaduto do comboio. O pão da padaria da nossa rua possui um sabor e uma consistência que nenhuma outra padaria de Paris iguala.

Nunca entro em casa sem recordar a primeira vez em que transpus este limiar, no final de uma tarde escura e ventosa de Abril. Entrei atrás do cavalheiro da imobiliária, criatura de humor sombrio e de silhueta tão ampla que fazia parecer ainda mais pequeno aquele apartamento T2, este onde vivemos hoje. Depois de, nesse mesmo dia, ele nos ter mostrado outras três casas, todas por ele elogiadas com o desdém negligente de quem sabe estar a arremessar pérolas a suínos, aquela última visita soava a formalidade para cumprir calendário. Talvez fosse por podermos explorar o espaço sem o fundo sonoro da sua lábia profissional, talvez fosse da fadiga ou de qualquer imponderável ou detalhe subliminar, o que é certo é que a certeza de que ia ser aquela a nossa casa tombou sobre nós com o ímpeto das línguas de fogo dos apóstolos.

O nome da rua intrigou-nos, mas foi só ao fim de duas ou três semanas, passadas as azáfamas das limpezas, da mudança e das arrumações, que me lembrei de abrir o meu exemplar, já tão gasto pelas consultas repetidas, da *Histoire et Mémoire du Nom des Rues de Paris* (Alfred Fierro, Parigramme). O que pode querer dizer "Tombe-Issoire"? A única certeza é a de se tratar de um topônimo muito antigo. A lenda (segundo Fierro) fala de um gigante chamado "Isoret" ou "Isaure", cujo túmulo estaria situado nas redondezas. Teorias mais realistas apelam a formas verbais, caídas em desuso, derivadas de "tombiseur" (originalmente, "o falcão que faz cair a ave caçada"): uma "tombisoire" seria assim, muito simplesmente, um pequeno acidente de terreno susceptível de provocar a queda, o que é coerente com o costume de baptizar colinas ou outeiros com nomes retirados ao campo semântico da queda ou do ato de tropeçar. Durante anos, sem nunca me ter dado à canseira de investigar, eu associara o nome da rua ao cemitério de Montparnasse, que afinal de contas nem fica tão próximo quanto eu supusera. O meu conhecimento daqueles bairros, Montparnasse, Denfert-Rochereau, Alésia, fundara-se até aí em incursões esporádicas, histórias alheias e impressões literárias. Recordava-me nitidamente, por exemplo, da tarde em que (sozinha), para matar o tempo que me separava de uma sessão no cinema "Les

7 Montparnasse", eu entrara no cemitério e fora recompensada com a descoberta, rigorosamente acidental, da sepultura de Samuel Beckett.

A tarefa de fazer deste espaço o nosso espaço revelou-se doce e dura. Nos primeiros dias, as paredes refletiam tudo e não retinham nada. Agarramo-nos a tudo aquilo que alcan- çávamos: sons, cheiros, farrapos de informação sobre os inquilinos anteriores, texturas, peculiaridades (o gancho de metal no teto, a saqueta de chá deixada no armário da cozinha, o inverosímil tom de cor-de-rosa dos rodapés, o saco de plástico de um hotel termal de luxo de Biarritz encontrado no roupeiro).

E eis que de repente: os *nossos* sons, os *nossos* cheiros, *nosso* gancho, rodapé, mesa, azulejo, mancha, suavidade, gorgolejar, raio de sol.

The Golden Bough ocupa doze extensos volumes. Trata-se de um estudo sobre a evolução das crenças e dos ritos humanos que exerceu considerável influência sobre a literatura inglesa da altura e suscitou a admiração de D.H. Lawrence, T.S. Eliot e Ezra Pound, entre outros. Neste livro, é defendida a tese de que todas as crenças religiosas evoluíram a partir de rituais mágicos inseridos em cultos de fertilidade. A matriz explicativa delineada pelo autor integra elementos que seriam comuns a todas as proto-religiões conhecidas, como por exemplo um deus-rei sujeito a um sacrifício periódico e o matrimônio entre uma divindade solar e uma deusa da Terra que morreria após as colheitas e ressuscitaria na Primavera. Esta filiação da religião no mito esbarrou com uma oposição forte e acrimoniosa na altura da publicação do livro. A versão que o homem por mim amado escreveu é a versão longa original, não expurgada da seção sobre a crucifixão de Cristo, que seria relegada para a condição de apêndice numa edição posterior e em seguida suprimida. Ainda que muitas das ideias nela defendidas estejam hoje obsoletas, ainda que o seu interesse para as gerações mais recentes de antropólogos seja meramente histórico, é incontestável que se trata de uma obra cuja dimensão intelectual é assombrosa. Basta folhear as suas páginas ao acaso para perceber que a pesquisa implicada pela sua elaboração foi invulgarmente profunda. Assim se explicam aquelas longas ausências que povoavam os meus dias de dúvidas cruéis. Enquanto eu cismava, enquanto os meus passos ecoavam nas paredes das nossas assoalhadas, ele calcorreava a cidade em busca de fontes, consultava volumes ignorados durante décadas, desfazia com a firmeza impaciente dos seus dedos camadas de pó de biblioteca. Para tudo aquilo (e era muito) que não conseguia saber através de livros, contava com a sua rede de correspondentes, na maior parte dos casos missionários colocados nos confins do mundo. Tal como Frazer, o homem que eu amo só muito raramente se deslocou para trabalhar no terreno e preferiu confiar em relatos escritos, por vezes inexatos ou coloridos pela fantasia, é certo, mas sempre informados por testemunhos em primeira mão. Passavam amiúde pelas minhas mãos sobrescritos com selos de nações exóticas: Bornéu, Pérsia, Guatemala, África Ocidental Francesa...

Terão algum vestígio de razão aqueles que afirmam que a solidão possui virtudes, que é moralmente fecunda ou pelo menos que tonifica o caráter? Durante os meus primeiros anos em Paris, transplantada de uma remota província alemã, primeiro com os meus pais e depois sozinha, fiz por acreditar que sim. Agia como se a minha felicidade fosse assunto exclusivo da minha pessoa, da bolha de ar em meu redor e daqueles poucos que o destino e os dias atraíam para a minha órbita, efêmera e contrafeita. Viver era uma espécie de artesanato que não exigia mais do que solidez e rotinas. Foi preciso esperar pelo correr dos anos, pela sucessão de quartos e casas alugadas (apartamento insalubre do *10ème arrondissement,* rés-do-chão numa ruela sossegada do Pré Saint-Gervais, quarto perto da Porte de Versailles, estúdio nos Gobelins), pela acumulação de desgostos e esperanças mudas. Foi preciso esperar por estabilidade profissional e pelo homem que me ama, que eu amo, que escreveu para mim um livro sumptuoso e datado, influente mas esquecido por todos. A pouco e pouco, apercebi-me de que a única atitude válida era encarar Paris (que outrora me intimidava, complexa e enorme) como uma segregação do engenho humano, com as suas leis, mistérios e debilidades. Tudo dependia de tudo: o principal do acessório, a grande história da pequena história, o gesto cotidiano minúsculo da tendência sociológica. Habituei-me a coleccionar fatos, a interessar-me pelo trivial, a fazer perguntas, a não deixar pontas soltas. Criei e perdi arquivos pessoais, amizades, livros de contatos. Descodificar a imensa máquina Paris, ou pelo menos descrevê-la por extenso, passou a ser a minha missão, condição necessária para o meu direito a estar aqui. (Essa missão ainda dura.)

Todas as relações passam por momentos mais delicados. Agora que me sinto como se navegasse num rio subitamente largo e tranquilo, recordo todas as vezes em que ele trazia trabalho do escritório (julgava eu), fazia serões intermináveis apesar de saber que teria de comparecer muito cedo no emprego na manhã seguinte. Na minha mesa, voltada para a parede, eu quase teria preferido que ele escarnecesse dos meus esforços de desenhadora autodidata, da insignificância dos meus rabiscos sem graça, dos meus bonecos disformes, das folhas de bom papel amarrotadas que enchiam o cesto. O seu silêncio durava horas; eu imaginava-o a preparar apresentações, a estudar *dossiers,* a polir as frases com que iria acolher um cliente no dia seguinte, ocupado com as preocupações sólidas e amplas de um profissional das relações públicas. Só agora percebo que o que o movia não era senão um empenho absoluto num desígnio de proporções épicas. E tudo isso por mim! Por mim!

    Passaram-se já alguns dias desde o dia em que o homem que eu amo me ofereceu a sua obra revolucionária, acabada de escrever. Como sempre sucede quando lhe peço para fazer compras para o jantar, o homem que eu amo passou pelo supermercado Picard e entra agora em casa com um saco isotérmico em cada mão. Enquanto eu abro espaço no congelador, ele conta-me que chegou ao supermercado pouco depois da hora de fechar, que foi obrigado a implorar e bajular para poder fazer as suas compras. Não o acho capaz de implorar seja a quem for, mas consigo visualizar a cena. Quando ele assim o quer, sabe ser tão persuasivo que nem a mais coriácea má-vontade resiste por muito tempo. Gotas minúsculas de água da chuva persistem nos seus cabelos louros em desalinho. Hesito um momento antes de lhe perguntar se não o apoquenta a perspetiva de o seu livro vir a ser considerado mera curiosidade, de valor apenas residual para a disciplina nascente que é a antropologia, suplantado pelas teorias estruturalistas de Claude Lévi-Strauss e dos seus seguidores. Ele sorri e pisca-me o olho enquanto diz que não, sacudindo muito a cabeça como um rapazinho. A humidade dos seus cabelos impregna o ar, até aí neutro e sem direito a menção. Esqueceu-se de comprar o miolo de castanhas, é evidente que ele sabe isso, mas prefiro, mesmo sem saber por quê, fingir que não dei pelo esquecimento. Como seria mesquinho da minha parte fazer-lhe um reparo, dadas as circunstâncias. Tudo mudou; tudo deve mudar.

    A dedicatória do livro diz isto: "Com todo o meu afeto, para ti, por tudo o que passamos juntos". Todo o meu afeto. A totalidade do meu afeto existente. Numa cadeira de cinema, uma vez, murmurei o meu amor ao seu ouvido. Fiz-me sensível e receptiva a intensos e silenciosos significados do seu beijo firme no meu pescoço. O tempo depois disso.

    O homem que eu amo deixa-me perplexa. O que poderá levar alguém a consumir os seus melhores anos na redação de uma obra que é justamente considerada um dos momentos precursores da antropologia moderna, e que, pela primeira vez, integrou num corpo teórico coerente toda a linha histórica que tem origem nas práticas mágicas primitivas e que conduz até o desabrochar da mentalidade científica contemporânea? Isto tem tanto de grandioso como de doentio. Haveria tantas outras maneiras de ele exprimir o que sente por mim. Julgará ele que me desagrada aquilo que é corriqueiro ou consagrado pelo uso? Sentirá ele o impulso de procurar a desmesura para exprimir um sentimento que é, no fundo, tudo o que há de mais banal? Mas rapidamente desisto de o tentar adivinhar. Não foi por ele ser transparente e legível como um letreiro no metropolitano que me apaixonei por ele. Foi num Inverno, menos sombrio do que este, menos abundante em borrascas. Os edifícios de Paris pareciam-me então mais nítidos e recortados de encontro ao céu do que agora. Quinto andar sem elevador. Perdeu-se gato cinzento muito meigo, no dia 22, recompensa a quem o encontrar. Reunião da assembleia municipal, o vizinho da flauta, o vizinho da guitarra elétrica, o vizinho da tosse incessante.

    Cheguei até a segui-lo. Cheguei a segui-lo pelas ruas de Paris como num mau filme policial. Isto durou muito tempo, meses ou anos. Disfarcei-me, perdi horas em cafés, em jardins públicos, em galerias comerciais. Ele encontrava-se com desconhecidos, eu seguia os desconhecidos. Assim aconteceram pequenas aventuras, incursões em bairros e subúrbios cuja existência eu ignorava e aonde não creio alguma vez vir a regressar. Tantas dúvidas, tantos receios, afinal para nada. São duas horas da manhã. Não sei se ele virá dormir a casa esta noite. Folheio o livro no capítulo 20, seção 2. As pontas dos meus dedos tremem de afeto. Não sei se ele está à espera que eu o leia. É muito extenso. O livro está escrito em inglês, eu não domino o inglês. O meu tempo livre é abundante, mas também consumido por milhares de sumidouros. De noite, sentada na cama, entretenho-me simplesmente com alguns dos inúmeros relatos fascinantes de que o livro está repleto, por exemplo os tabus associados ao luto. Decifro a língua inglesa com paciência e afinco. Na Polinésia, é comum as pessoas que estejam em contato com os mortos serem interditadas de tocarem em artigos alimentares. Na Samoa, por exemplo, aqueles que cuidaram de um cadáver abstêm-se de manusear comida e são alimentados por outros como se fossem crianças. Em Tonga, tocar num chefe morto implica um tabu de dez meses lunares. Se quem praticar o ato for, ele próprio, um chefe, o período de tabu é reduzido para três, quatro ou cinco meses, de acordo com o grau de superioridade do chefe morto. Durante esse tempo, a pessoa sujeita ao tabu não se pode alimentar pelas próprias mãos. Se, porventura, sentir necessidade de comer e não existir ninguém nas proximidades para o ajudar, deve deslocar-se como um quadrúpede e abocanhar os alimentos sem lhes tocar com as mãos. Já entre os índios Shuswap da Colúmbia Britânica, os próprios viúvos e viúvas são confinados e proibidos de tocar no próprio corpo durante o luto.

Mas sinto-me longe da essência da obra, do seu significado supremo, que pressinto, inacessível, diante de mim.

A renda da casa é paga no dia um de cada mês, por transferência automática da nossa conta do Crédit Lyonnais. É mais prático assim. Preenchemos a nossa declaração de impostos a meias. Foi mais complicado da primeira vez. Eu sou trabalhadora independente, ele é trabalhador dependente. Tentamos distribuir as despesas ao longo do ano para evitar surpresas no orçamento, mas por vezes há imprevistos. As canalizações são antigas, já tivemos problemas de fugas duas vezes em três meses. A instalação elétrica também não é fiável. A potência contratada é fraca, não podemos passar a ferro e ter a máquina de lavar a trabalhar ao mesmo tempo. E há ainda as baratas. Há baratas de dois tamanhos, não sei se pertencem a espécies diferentes. O técnico de desinfestação visitou o prédio há uma semana e meia. Queixou-se de que muitos habitantes não estavam em casa para lhe abrir a porta e que assim o tratamento é menos eficaz. A recolha seletiva do lixo já entrou nos nossos hábitos, mas no início cometemos erros sucessivos que nos valeram a censura do porteiro.

Quando chega o mês de Março, com a ligeireza de pequenas aves, evitamos as poças de água por entre as fachadas da Rue Notre-Dame-des-Champs.

Novembro 2006 e fevereiro 2012

Rua da velha lanterna

Paris como um imenso porto de mar: muitos o imaginaram (porque a imagem é poderosa, brutal mas complexa), só eu desembarquei nesse cenáriosombrioe húmidode ruas tortuosas, estivadores e fachadas corroídas pelo ar marinho, poças de lodo.

Viajei num dos numerosos voos que ligam Lisboa a Paris. Da janela, contemplei com um nó na garganta (de antecipação, mas parecia de saudade) aquela imensidão de água oceânica, subitamente interrompida pela linha dos cais em formato de meia-lua: Quai du Pont du Jour, Quai Louis Blériot, Avenue du Président Kennedy, Avenue de New York, Quai des Tuileries, Quai du Louvre, Quai de la Mégisserie, Quai de Gesvres, Quai de l'Hôtel de Ville, Quai des Célestins, Quai Henri IV, Quai de la Rapée, Quai de Bercy. Desembarquei no aeroporto Charles de Gaulle, cumpri o trajeto de comboio até a cidade com o desinteresse enervado de quem cumpre uma formalidade.

Desci em Châtelet. Fundir-me na multidão foi a mais simples das tarefas. Alguns olhares fugidios, que eu interpretei como hostis, não fizeram senão (estranhamente) confortar-me na sensação de pertencer, de estar no lugar certo. Olhariam aquelas pessoas de maneira diferente para mim (talvez com mais interesse, outra demora) se conhecessem a minha história, o que me trouxera a Paris, em que consistia a minha missão? Certamente que não. A minha seria apenas mais uma entre as milhares de histórias, nem banais nem bizarras, que formavam o tecido humano da cidade. E eu não aspirava à notoriedade. O caudal humano aconchegava-me como uma peça de roupa. O anonimato convinha-me.

"A minha missão"... A minha missão consistia para já em poucas frases, rabiscadas numa folha de papel dobrada em quatro, com mão decidida mas impaciente:

▷Encontrar um quarto para viver.
▷Comprar óculos escuros.
▷Comprar bengala de cego.
▷Comprar caixa de lápis.
▷Comprar bloco de papel.
▷Esperar pelo dia 26 de Janeiro.

Encontrar um quarto, pois.

Encontrar um quarto foi muito mais fácil do que eu receava.

Tentei a minha sorte no bairro de Saint-Paul, entre a Place des Vosges e aquilo que seria a ilha de Saint-Louis se existisse ilha, aproximadamente entre o prolongamento das pontes Marie e Louis-Philippe (inexistentes). O ar marítimo e gélido cobria as fachadas com uma finíssima película de água cujo gosto a sal comprovei na minha língua, infiltrava-se através de várias camadas de cartazes colados nas paredes e nos painéis apropriados da câmara, diluía em manchas disformes as letras que dantes anunciavam filmes, provas de ciclismo, candidaturas a eleições municipais. Os corpos largos dos estivadores em trânsito ocupavam as ruas como num país conquistado, trocavam comentários grosseiros à distância, riam um riso pujante e juvenil. Marujos ociosos, em pequenos grupos, exploravam o bairro, a medo mas como quem antecipa prazeres inauditos. Mulheres maduras ou jovens, quem sabe se esposas de pescadores embarcados há semanas, espreitavam por detrás de cortinados incolores, um só olho fixo, escuro, desafiante.

Entrei em lojas e em cafés, apurei os ouvidos, perguntei. Segui as direções rabiscadas numa margem de jornal por um merceeiro de feitio agreste, bati a uma porta, troquei frases breves com uma porteira, subi todos os lanços de escada (só mais tarde me dei ao trabalho de os contar) que me separavam do piso onde, no fundo de um corredor sem luz, empurrei uma porta e entrei num quarto pequeno mas limpo e luminoso. Dois ou três passos no seu interior chegaram para me convencer de que estaria tão bem ou tão mal ali como em qualquer outro lugar. O preço era módico. A porteira quis saber alguma coisa sobre mim; falei-lhe de estudos, forneci detalhes, mas estava a esforçar escusadamente a minha fantasia. Os três meses de renda que paguei a pronto eram tudo o que ela precisava de saber sobre mim e sobre os motivos que me traziam à grande metrópole. O senhorio, pelos vistos confiava cegamente nas capacidades de fisionomista desta mulher, cujo olhar astuto fora sem dúvida aguçado por gerações de inquilinos mais ou menos viciosos.

Perante a modéstia do quarto, compreendia-se que o critério de admissão fosse frouxo: qualquer indivíduo acima da categoria de destroço humano poderia sem dúvida ter feito um percurso idêntico ao meu e ver-lhe confiada a chave que eu agora sopesava na minha mão. A cama pouco mais era do que um catre; o mobiliário era espartano; havia um pequeno lavatório com água corrente, mas a retrete era no corredor. Não era o luxo que eu tinha vindo procurar. Só a missão importava. Risquei a frase "Encontrar um quarto para viver" da folha de papel e preguei-a à parede. Deitei-me todo vestido.

Acordei várias vezes durante a noite. De noite, só um ruído violento ou súbito é capaz de me acordar. De uma das vezes, pareceu-me ouvir passos pesados algures no prédio, talvez de duas pessoas absorvidas numa conversa. Já ao romper do dia, escutei música de realejo ao acordar, sobreposta a um riso interminável, um riso incrédulo que continha fúria e pasmo.

No dia seguinte, o meu primeiro dia completo em Paris, não resisti a desviar-me do meu programa por uns minutos para saciar a minha vontade de me aproximar tanto quanto fosse possível dos navios atracados, dos cargueiros, dos paquetes, dos cruzeiros altos como palácios. O porto fervilhava de gente e de movimento. Perguntei-me qual seria a sensação de avistar Paris no horizonte depois de semanas ou meses de alto-mar. O que iria na cabeça de um marinheiro de licença, ao mergulhar naquela colmeia humana demasiado complexa para ser descrita (quanto mais compreendida), depois de tanto tempo entregue à solidão dos oceanos? Não me era permitido senão especular. Quando dei por mim, já tinha passado o cais de Bercy. Recriminei-me pela minha falta de cuidado, arrepiei caminho, escolhi um itinerário mais interior para evitar distrações: Bois de Vincennes, Faubourg Saint-Antoine, Bastilha.

Comecei a entrar em todos os estabelecimentos comerciais que encontrava, rua a rua, começando pelo lado dos números pares, atravessando para o lado dos ímpares quando chegava ao fim. Podia dar-me ao luxo de confiar no acaso. O dia que passava era o dia oito de Janeiro. Faltavam mais de duas semanas para o dia 26 de Janeiro.

Encontrei o bloco de papel sem dificuldades: marca "Clairefontaine", formato A4, capa dura, 100 gramas por metro quadrado, papel liso, apropriado para desenho.

A caixa de lápis exigiu mais persistência.

Os lápis que eu encontrava à venda eram ou demasiado moles ou demasiado duros, ou a seção era redonda em vez de ser hexagonal, ou a mina era demasiado fina e quebradiça, ou então era o meu pulso que estranhava a fricção com o papel quando os experimentava. Mas a persistência trouxe os seus frutos. Paguei a caixa de lápis de mina preta com uma única moeda que depositei na mão do vendedor, sem evitar nem procurar o contato visual.

Encontrei os óculos escuros que desejava numa miserável loja de recordações, cuja sobrevivência no ramo parecia um milagre, situada como estava numa travessa tão remota e pouco frequentada. As lentes eram largas e pareciam opacas a um observador exterior; a armação moldava-se à minha cara como se feita à medida.

Faltava a bengala de cego.

A escolha mais óbvia teria sido o instituto para cegos da Rue Gay-Lussac. Seria sem dúvida aí que teria feito a minha primeira tentativa, se a Rue Gay-Lussac e toda a margem esquerda, toda a história associada, séculos de paixão e catástrofes, não estivessem submersos para sempre.

Valeu-me a sorte, não a dos audazes, mas sim a daqueles que andam à deriva, diluindo os seus propósitos no caudal do tempo. Numa espécie de bazar que acumulava no seu interior exíguo uma variedade assombrosa de bricabraque deparei com uma bengala branca de dobrar, tão parecida com aquela que eu imaginara que outro, no meu lugar, não deixaria de se comover. Estava esquecida numa prateleira, talvez há anos, rodeada de quinquilharia. Rodeei-a firmemente com a mão, senti-a fria e lisa, quase minha, sólida. Cabia no bolso do meu sobretudo.

Anoitecia. As horas tinham passado sem que eu desse por isso. Sentia fome e frio. Devorei uma ceia sem sabor num restaurante econômico, recolhi ao meu quarto. Ao meter a chave na porta, apercebi-me de uma presença ao fundo do corredor: um jovem, de saída do seu quarto, sem dúvida tão pequeno e despido como o meu. Trocamos uma saudação brevíssima. O jovem, provavelmente um estudante, vestia um fato justo em que, mesmo naquela penumbra e à distância, se adivinhavam anos de remendos e ajustes. Não consegui afastar a impressão de que tinham sido dele os passos que eu escutara na noite anterior.

Risquei da minha lista:

▷ ~~Comprar óculos escuros.~~
▷ ~~Comprar bengala de cego.~~
▷ ~~Comprar caixa de lápis.~~
▷ ~~Comprar bloco de papel.~~
▷ Esperar pelo dia 26 de Janeiro.

Faltavam ainda mais de duas semanas, que seriam sem dúvida escuras e agrestes, para o dia 26 de Janeiro. Deitei-me e dormi, desta vez um sono profundo e íntegro.

Deixar que o tempo passe é a tarefa menos complicada do mundo. Espanto-me como tantos se deixam amedrontar por ela.

Basta acordar dia após dia, cultivar pequenas rotinas, fazer-se pequeno e transparente. Não evitar cruzar-me com os outros. Ser delicado.

Cozinhava as minhas refeições modestas numa placa elétrica que parecia um brinquedo. Abastecia-me nas mercearias e padarias do bairro, alternava os estabelecimentos consoante os dias, evitava fidelidades, fugia ao estatuto de "cliente habitual". Por vezes, rondava a lota até conseguir apoderar-me de um ou dois peixes caídos no chão. Não eram poucos os que me imitavam, sem pressa nem pudor. O peixe era fresquíssimo e transportava o odor potente do oceano.

Informei-me sobre o programa do ftéâtre de la Ville, Place du Châtelet. Na noite de 25 de Janeiro, véspera do dia que eu aguardava, era exibida uma coreografia de Marie Chouinard, *Le Nombre d'Or*. Comprei um bilhete num lugar o mais perto do palco que fosse possível. Na noite do espetáculo, dirigi-me ao teatro a pé debaixo de uma chuva misturada com neve, sem nunca acelerar o passo.

Gostei do espetáculo. Não conhecia o trabalho desta coreógrafa. A competência dos bailarinos era irrepreensível. Algumas opções da encenação pareceram-me discutíveis. Aqui e ali, movimentos que se teriam querido ousados e fluidos surgiam demasiado conscientes de si mesmo, como se o risco corrido fosse fruto de uma ponderação de ganhos e perdas em vez da genuína vontade de arriscar.

Não poucas vezes, dei por mim a abstrair-me da ação e a deixar o meu olhar derivar por uma zona indistinta, vaga, sem fronteiras, algures entre o palco e a primeira fila repleta de (não duvido) figuras gradas da sociedade e do mundo artístico.

Diz a lenda que foi no local onde, mais tarde, se situou o cubículo do *souffleur* do ftéatre de la Ville que o escritor Gérard de Nerval se suicidou, por enforcamento.

Foi na madrugada cruelmente fria do dia 26 de Janeiro de 1855, na Rue de la Vieille Lanterne. Dir-se-ia que a escolha desta rua, entretanto desaparecida, fora motivada por um escrúpulo de discrição, pois era uma das mais escondidas e sombrias do bairro.

No dia seguinte ao da minha noite no teatro, 26 de Janeiro, muni-me da minha caixa de lápis e do bloco e regressei ao local. O dia estava como eu o desejara: limpo e luminoso. Na Place du Châtelet, de pé, sem nunca sentir fadiga, desenhei aquilo que via à minha frente. O meu pulso estava firme, os meus olhos atentos, o ruído do tráfego e das pessoas não existia. Desenhei sem inventar, sem criar. Desenhei o que existia ali, naquele momento. Fui consciencioso mas não me dissipei em detalhes tolos. Isto levou horas. Os dias de Janeiro são curtos em Paris. O sol deitava-se para as bandas dos Champs-Elysées. O meu desenho estava acabado.

Passava da hora de encerramento da biblioteca do Hôtel de Ville, rue Lobau (segunda a sexta, 9h30-18h). De qualquer dos modos, não trouxera comigo nem a bengala de cego nem os óculos escuros.

Recolhi ao meu quarto, esgotado mas satisfeito. Nas escadas, no andar por debaixo do meu, cruzei-me com uma mulher jovem que se desviou para eu passar com um zelo que se assemelhava a timidez. Voltei-me para trás, ainda à procura de uma saudação. Pouco mais consegui ver do que uma cabeleira ruiva, engolida pela escuridão do corredor pobremente iluminado. Viveria ela no mesmo andar que eu?

Estudei o itinerário entre o meu prédio e a Rue Lobau com o afinco de um assaltante.

Na manhã seguinte, os meus primeiros passos na rua, no papel de cego, foram demorados mas firmes. A bengala fazia o seu *toc-toc* reconfortante na calçada, como se fosse uma pulsação alheia aos meus movimentos, suficientemente vigorosa para se sobrepor ao sopro do vento marítimo. Através dos óculos escuros, Paris reduzia-se a uma coleção de massas descaracterizadas, mas não ameaçadoras.

Na biblioteca, as atenções pareciam dominadas por um qualquer rumor sobre um naufrágio, com grande perda de vidas. Murmúrios abafados, chorosos, ecoavam e irritavam os meus ouvidos subitamente hipersensíveis. Ninguém para ajudar o pobre invisiual, e eu preferia assim. Esgueirei-me, mais a apalpar do que a ver, até a primeira estante que encontrei; abri um livro ao acaso; introduzi o meu desenho entre as páginas, fechei o livro, repus o livro no lugar. Estava feito.

Ninguém dera por nada.

Lá fora começara a chover sem que o vento abrandasse.

Portanto, cumprir uma missão era isto: fazer as coisas que havia para fazer, uma a seguir à outra; fazê-las simplesmente, cada novo gesto como uma nota musical separada, única e valiosa.

A partir desse, os dias que se seguiram começaram a cumprir a sua sagrada missão de se sucederem uns aos outros e de se assemelharem a ponto de se confundirem. As minhas rotinas nasceram e instalaram-se por si só: nada fiz para as trazer à existência nem para as sustentar. A azáfama barulhenta da cidade, as idas e vindas, partidas e chegadas, as marés e as borrascas, serviam de cenário à linha estreita e firme da minha existência insignificante.

O período que me separava do dia 20 de Abril era indivisível. Eu não contava os dias: entregava-me, dócil, ao fluxo seguro do tempo, que nada pode apressar nem suster.

Tinha tempo para cultivar o conhecimento dos meus vizinhos. Sondar a natureza humana não era para mim nem um interesse nem um empecilho. Se me cruzava com uma pessoa no corredor ou nas escadas, cumprimentava essa pessoa. Se alguém me dirigia a palavra, eu respondia. Nunca era parco em detalhes sobre a minha vida, mesmo que fossem integralmente inventados.

Dito de outra maneira: o sentido de missão não é incompatível com a disposição para acolher esse desfile de caras e opiniões alheias que muitos vêem como um ingrediente obrigatório da vida.

A jovem ruiva, conforme vim a verificar, ocupava afinal um quarto minúsculo no mesmo andar em que eu vivia. Era frequente vê-la acompanhada por cavalheiros sorumbáticos e embaraçados, que preferiam olhar-me nos olhos com bravura e um simulacro de dignidade em vez de se esquivarem à minha saudação cortês. E era tão pouco aquilo que eles tinham a temer de mim e do meu discernimento moral! Eu não estava ali para julgar quem quer que fosse. Eram-me indiferentes estes pequenos atentados contra o sentido burguês das conveniências. A minha missão compunha-se de atos e de períodos de espera, nada mais. Winna — assim se chamava a jovem, um belo e sonoro nome próprio dinamarquês — dava mostras de um desprendimento idêntico e convidava-me para o seu quarto sem o menor escrúpulo nem vestígio de inquietação quanto ao que eu podia pensar sobre o seu emprego do tempo, por detrás daquela porta quando fechada.

No seu francês aflautado e doce, repleto de expressões inusitadas, Winna falou-me das piruetas do acaso que a tinham conduzido até ali, longe da sua Dinamarca natal. Pelo que me toca, falei-lhe de mim e do meu passado, mencionei a minha missão sem fornecer pormenores, respondi à sua tímida insistência com bonomia, inventei menos acerca de mim do que fizera com qualquer outra das pessoas que conhecera desde a minha chegada a esta metrópole, ao coração deste enxame de corpos, rotas, bulícios, afetos.

O lapso de tempo entre Janeiro e Abril chegou para travar outros conhecimentos. O jovem que eu avistara anteriormente, por exemplo, veio bater à minha porta por sua própria iniciativa numa tarde de domingo de tempo miserável. Aqueci água para o chá na minha placa elétrica, conversamos, contamos as nossas histórias. As horas passaram sem que se desse por isso. A partir de então, passamos a sair de noite com alguma frequência. Nos *bistrots* locais, bebíamos copo atrás de copo daquela aguardente que é tão popular nas docas que o seu nome é sinónimo de "salário" no picante calão local. Vim a saber que ele era estudante de Anatomia, que vinha de Brest, que era pobre, que ansiava por montar consultório próprio e arrecadar o suficiente para garantir à mãe um reforma livre de apertos, que fazia versos nas noites de insônia.

As biografias dos outros meus vizinhos eram-me reveladas fragmento a fragmento, por vezes em versões contraditórias, por vezes pelos próprios, por vezes por terceiros, quase sempre com uma tonalidade de escândalo ou de contentamento perverso. Fiquei assim a conhecer a filha do dono de um *bistrot* que, apesar de muito jovem, frequentava um marujo maltês quando este aportava a Paris; ouvi falar (sem nunca o ver) de um indivíduo que dantes tinha sob a sua tutela quer Winna quer outras duas moças (estas francesas de gema, do território de Belfort), mas cuja indolência, assim como uma agorafobia que o conquistava lentamente, o remetiam agora para o seu apartamento, onde passava os dias a devorar bandas desenhadas, deixando o negócio entregue às três raparigas; falei e troquei livros com uma criaturinha intrigante que trabalhava como secretária numa agência imobiliária do *17ème arrondissement,* séria como uma preceptora, obviamente aterrada com a perspectiva de permanecer solteira o resto da vida mas sem a mínima inclinação para fazer algo que a subtraísse a esse destino; captei rumores sobre um homem que classificavam como um dos contrabandistas de arte mais hábeis de Paris, cuja aparência insignificante mais depressa evocaria um *chef d' hôtel* obscuro, habituado a décadas de eficiência anônima e atenção aos detalhes, preparando-se mentalmente para uma reforma digna mas solitária.

Estas figuras apareciam-me como num desfile de mascarados, ou como uma lista de personagens de uma peça folheada apressadamente mas nunca vista. A máscara confundia-se com o caráter, cheio de detalhes e rugosidades, da pessoa que a envergava, sem que essa confusão me perturbasse. Conversar, fazer chá e discutir literatura eram atividades agradáveis que ajudavam a fazer passar o tempo.

A Primavera chegava, o sol misturava-se com o granizo e as tardes alongavam-se.

No dia 20 de Abril, fiz a pé o caminho entre o meu bairro, agora tão familiar que os seus ruídos mais bruscos me embalavam como uma canção da infância, e a extremidade mais ocidental do longo cais parisiense (ou mais a jusante, como se diria se existisse rio em vez daquele mar acobreado, a perder de vista). O itinerário era simples: bastava seguir a fronteira entre a cidade e a água, insistir para lá da estreitíssima Ilha dos Cisnes, estar atento ao ponto onde existiria a ponte Mirabeau (se existisse rio para ser transposto) e onde um tímido molhe é tudo o que assinala o ponto onde o poeta Paul Celan se terá precipitado, neste mesmo dia, no ano de 1970.

O contraste com o burburinho a que me habituara era impressionante: a atividade humana era aqui esparsa e alheia à urgência e frenesim que se sentiam, como um pulsar, em setores do cais mais concorridos. As casas sugeriam desleixo, o lixo amontoava-se, gaivotas sobrevoavam a área com a placidez de quem se sabe em maioria.

Sentado numa grade de cerveja voltada ao contrário, desenhei durante todo o dia. Aquela desolação, contra as minhas expectativas, inspirou-me. Descobri capacidades que desconhecia para fazer justiça a todos aqueles melancólicos cambiantes de cinzento.

No dia seguinte, com uma exaltação que me esforçava por disfarçar, muni-me da minha bengala e dos meus óculos escuros; sondando com precaução o caminho que cumprira na véspera, dirigi-me para a biblioteca municipal da Rue de Musset, quase nos confins da cidade. Fizera os meus cálculos de maneira a chegar pouco depois das 10 horas, hora de abertura, para evitar um excesso de presença humana, mas ainda assim não me pude escusar aos préstimos de uma senhora extremamente gentil, que me pegou pela manga do sobretudo e me conduziu até a seção de clássicos franceses em Braille e caracteres grandes sem que eu lhe tivesse pedido nada. Foi já ao sair, e quase com gestos de espião, que consegui introduzir o meu desenho num livro escolhido ao acaso e prontamente reposto na prateleira. Nada mais me retinha ali. O caminho de regresso foi cheio de uma alegria miúda mas intensa.

Não sei se um ato repetido duas vezes chega para se poder falar de rotina. Mas não era a semântica que me ocupava a mente nesta altura. A passagem à ação trazia-me uma euforia doce; a certeza de que essa ação formava uma cadeia com as anteriores e com as que se lhe seguiriam proporcionava-me uma sensação de conforto inexprimível, inviolável. Num quadrado de papel, que colei por cima da minha cama, garatujei: "26 de Abril".

Ainda nesse dia, Winna veio tamborilar com os dedos na minha porta. O seu embaraço era evidente, mas algo na minha expressão ou na minha postura deve ter sido suficiente para vencer as suas hesitações. Sucedera aquilo que eu, muito abstratamente, receara desde o princípio, embora sem atribuir demasiada importância à eventualidade: ela avistara-me a sair do prédio equipado com os meus apetrechos de cego e naturalmente tinha ficado perplexa. Sorri-lhe como se se tratasse de algo banal, como na realidade era. Esforcei-me por lhe transmitir, desde logo, a certeza de que ela não estava a cometer qualquer indiscrição. Sem delongas nem rodeios, porque o caso não o justificava, pus Winna ao corrente de tudo:

a minha vinda a Paris com uma missão muito bem definida; os cinco lugares onde encontraram a morte cinco escritores, num passado mais ou menos próximo;

os cinco desenhos a realizar nesses locais, no aniversário de cada uma das cinco mortes;

o abandono dos cinco desenhos em livros escolhidos ao acaso das estantes das bibliotecas municipais mais próximas do local do desenho e da morte do escritor;

um fragmento de endereço postal escrito no verso de cada desenho, de forma que apenas aquele que possuísse todos os desenhos o pudesse reconstituir;

a intenção de abandonar Paris imediatamente após levar a missão a cabo.

Não escondi o que quer que fosse. A dissimulação seria, além de trabalhosa, inútil. Nada havia de secreto na minha missão, bem vistas as coisas. Nada iria ser alterado pelo fato de uma pessoa, ou mais do que uma pessoa, estarem a par do que eu tinha feito e do que tinha ainda para fazer.

Winna escutou as minhas explicações com uma ausência de surpresa pela qual me senti grato, sem saber exatamente por quê. Os meus projetos pareciam-lhe tão naturais como a mim próprio. Limitou-se a questionar-me sobre alguns detalhes. Por exemplo, para quê o disfarce de invisual? Expliquei-lhe que fora o processo que encontrara (não seria decerto o único) para garantir que a escolha do livro era totalmente aleatória, por ser feita às cegas. Será que me dava conta de como a probabilidade de alguém vir a reconstituir o endereço era ínfima? Ínfima a ponto de ser nula, para todos os efeitos práticos, respondi-lhe com tranquilidade não fingida.

A pergunta que Winna não fez, e que eu teria esperado da sua parte, era o porquê destes meus trabalhos, a razão de um plano que, por mais natural que parecesse explicado a dois, em volta de uma chávena de chá, num princípio de noite de Primavera fresco e ventoso, pareceria extravagante aos olhos do mundo. Justificava-se falar de "decepção" para descrever o que senti quando se tornou claro que essa pergunta iria ficar por fazer?

Winna ficou assim a perceber por que razão eu evitava envolver-me nas peripécias da vida. Só a missão tinha valor aos meus olhos, incluindo os longos tempos de espera. Comparou-me com um fantasma que tudo atravessa por carecer de solidez e que também ocupa o seu tempo próprio – mas fê-lo com um sorriso, como se esta minha discrição e recusa em envolver-me nas vidas alheias fosse, para ela, um traço de caráter raro e merecedor de louvor.

E, contudo, o punhado de dias que faltavam até a próxima data foram ricos em fricções inesperadas com aquelas personagens para as quais o prédio onde eu vivia funcionava como palco de anseios, ocupações e impulsos. O suposto contrabandista interpelou-me no patamar (era a primeira vez que me era dado ouvir a sua voz) e pediu-me, com uma naturalidade demasiado canhestra para ser estudada, para guardar no meu quarto uma mala que lhe pertencia. A secretariazinha pediu-me aconselhamento sobre assuntos do coração. O estudante tentou convencer-me a ler a peça em versos decassilábicos que o ocupava há anos. Quanta convicção naquelas solicitações! Claro que me apressei a aceder a tudo, podia dar-me a esse luxo. Os desmandos sentimentais da minha vizinha não requeriam mais do que bom senso, à peça não faltava algum valor apesar de alguns excessos e ingenuidades. Quanto à mala, guardei-a debaixo da minha cama sem me entreter em especulações sobre o seu conteúdo. Os meus sonhos dessa noite foram comedidos, neutros, sem forma.

26 de Abril. Era a primeira vez que me aventurava tão para norte desde a minha chegada. Quando se chega aos bairros de Pigalle, Montmartre e Abbesses, a cidade metamorfoseia-se de metrópole marítima em burgo fechado, preso aos seus atavismos terrestres e imutáveis. Até o ar que se respira é diferente, estagnado e intoxicante como ópio. As pessoas seguem os estranhos com um olhar pesado de preconceitos e ávido de julgar.

Mário de Sá-Carneiro morreu, pela sua mão, neste dia em 1916, no Hôtel de Nice, Rue Victor-Massé, com recurso a cinco frascos de arseniato de estricnina. O Hôtel de Nice chama-se agora Hôtel des Artistes. Há uma placa na fachada a assinalar o evento funesto. O aspecto exterior do hotel é neutro, anônimo, opaco às misérias da vida. A reputação do hotel não é das melhores. Alguns comentários de utilizadores, recolhidos na Internet:[1]

---

1. Os comentários foram retirados do site <*www.tripadvisor.com*>.

Sicuramente da evitare. Siamo arrivati stanchi morti dal viaggio e invece di trovare un albergo ci siamo ritrovati in una stanza di un motel ad ore.

Nous sommes arrivés, nous avons vu la chambre et nous avons fui. Sale, pas entretenu, bruyant et enfumé (!!), des lits des années 50, les papiers et peintures (au plomb ?) craquelés, la tuyauterie colmatée au ruban adhésif. Digne d'un film noir.

Non è un hotel...ma un motel a ore...squallido, sporco tendente al disgustoso...! Abbiamo dormito vestiti e la mattina seguente siamo scappati via!!!!!

Difficile de faire plus "miteux" avec une description qui est totalement fausse et mensongère. Risque alarmant de sécurité avec des fils électriques dénudés sortant des murs en plusieurs endroits.

Não entrei. Não precisava de entrar. Fiz o meu desenho, sentado na esplanada de um café, sem me apressar. Omiti alguns detalhes por impaciência pura. Alguma coisa me compelia a abandonar aquele local.

"Evento funesto", "misérias da vida"... Parece que estou a escrever uma crónica para um jornal de província! O comedimento verbal não é uma condição necessária para a minha missão, mas ajuda a manter as coisas em perspectiva.

No dia seguinte entrei na biblioteca da Rue Chaptal com uma desenvoltura que teria certamente feito nascer suspeitas num observador mais atento. O acaso guia os nossos passos com naturalidade quando nos encontramos num local novo, nunca dantes visitado. Quase esbarrei com uma estante, aliás tão mal colocada que perturbava a circulação dos cidadãos dotados de visão; deixei o desenho da véspera entre as páginas do primeiro volume que me apareceu nas mãos; saí novamente para a rua, aliviado, quase alegre.

A temperatura permitia agora deixar a janela do meu quarto aberta durante a noite.

Passaram-se dias, passaram-se semanas sem que o suposto contrabandista com ar de serviçal, o dono da mala, se mostrasse. Mesmo sem sentir curiosidade a respeito do seu conteúdo, a simples presença debaixo da minha cama daquele volume inerte parecia interpelar-me e distorcer a corrente dos meus devaneios. Não era coisa que me sentisse capaz de ignorar. Por vezes, dava por mim a sair do quarto de forma automática, sem intenção declarada. Só me apercebia da minha decisão (tratava-se mesmo de uma decisão?) depois de fechar a porta atrás de mim. Nessas alturas acabava quase sempre por ir bater à porta do estudante, o que me expunha às suas perguntas sobre o que eu achava da sua peça. Eu nunca me esquivava a revelar a minha opinião sincera, onde cabiam tanto elogios aos méritos inegáveis da obra como apreciações menos positivas a propósito do ritmo, da evolução psicológica das personagens e da gramática demasiado artificial. Para minha surpresa, o menor reparo punha-o fora de si e desencadeava nele um acesso de fúria que, conforme rapidamente compreendi, era dirigido menos a mim do que àquilo que ele percebia como sendo a sua irrecuperável inadequação enquanto escritor e também, por arrasto, enquanto pessoa. Era óbvio que havia ali mais do que mero amor-próprio ou ambição literária. Não foram necessários dons inquisitórios demasiado apurados da minha parte para adivinhar a presença latente de uma rapariga que ele desejava, mais do que tudo na vida, conquistar. Ainda se seduzem mulheres, nos dias que correm, por meio de dramas rimados? Custava-me a crer, porém ele garantia-me com calor ser esse o único caminho que conduzia ao coração daquela por quem suspirava. Convidou-me, por mais do que uma vez, a encontrar-me socialmente com ambos. Alegava que se sentia menos tenso e mais natural a três do que a dois. Recusei com firmeza. Não queria intrometer-me numa história que...

Como eu dizia a Winna (nunca a ia procurar por ter medo de ser inoportuno, era ela quem vinha bater à minha porta, ou antes raspar muito ao de leve com os nós dos dedos), eu não queria intrometer-me numa história que não era a minha e onde estaria, irremediavelmente, a mais.

Ninguém está a mais numa história, respondia Winna, acariciando a trança ruiva pousada sobre o seu ombro esquerdo. As histórias recrutam-nos ou ignoram-nos segundo a sua lógica muito própria e inflexível. As peripécias da vida admitem protagonistas ou figurantes, mas nunca passageiros clandestinos.

O homem que servira de protetor a Winna nos seus primeiros tempos em Paris também era dinamarquês, contou-me ela. Eu nunca lhe pusera os olhos em cima, nem esperava alguma vez fazê-lo se ele se obstinasse em não sair de casa. Dizia-se que era grande e alto, rotundo como um tonel, louro até as pestanas. Chamava-se Ole. Eu não conseguia perceber se o sentimento predominante em Winna, quando me falava dele, era o receio ou a ternura.

Começou a aparecer no prédio um indivíduo que ninguém conhecia. Era baixo e ágil, rosto comprido, bigode ralo, um quê de insolência no modo como encarava as pessoas. Em breve foi possível perceber que existia intimidade entre ele e a secretária da agência imobiliária. Davam-se ao trabalho de dissimular quando na proximidade do olhar dos vizinhos, mas não era raro surpreender em público o seu afeto. A jovem fizera excelente proveito dos meus conselhos, ou então ignorara-os por completo – o que era sem dúvida mais provável e mais avisado.

O navio do marujo maltês (tinham-me garantido que era maltês, mas circulava mais do que uma versão) que se envolvera com a filha do dono do *bistrot* estava em Paris. Da primeira vez que me cruzei com aquele corpo compacto, de gestos tornados simples e exatos pela vida a bordo, notei o volumoso embrulho que ele transportava debaixo do braço. Era, como me explicou mais uma vez Winna (a companhia que ela me fazia era agradável e prolongava-se por horas), um presente que ele trazia para a sua amante demasiado jovem, como sempre fazia quando regressava de paragens longínquas. Os presentes costumavam ser grandiosos: ícones preciosos, braceletes antigos, tapeçarias raras. A destinatária destas oferendas nunca as poderia guardar no seu minúsculo quarto, por isso distribuía-as por amigos habituados à discrição.

Que secretos anseios e desgostos sentiria alguém por amar um eterno viajante que passava mais tempo em latitudes inimagináveis do que em terra firme, apto a ser abraçado? E isto numa idade tão jovem?

Alguém me disse que o novo parceiro da secretária andava a fazer perguntas sobre mim e sobre os meus hábitos. Arrependi-me por ter aceitado guardar a mala no meu quarto. Pensei que nem sequer lhe chegara a sentir o peso, como se o peso contivesse todas as respostas e fosse tudo aquilo que eu precisava saber para me sentir tranquilo. Continuei sem tocar na mala.

Chegáramos ao mês de Julho. A passagem do tempo surpreendeu-me como um intruso.

Jim Morrison, poeta e vocalista da banda The Doors, morreu na noite de 2 para 3 de Julho de 1971 num apartamento da Rue Beautreillis. A sequência dos acontecimentos dessa noite suscita ainda hoje muita discussão. Existem versões contraditórias. Não falta quem defenda que a morte ocorreu noutro ponto de Paris e em circunstâncias muito diferentes daquelas que a história oficial consagrou. Abundam as teorias da conspiração: o médico que assinou a certidão de óbito não existia, etc. A Rue Beautreillis ficava muito perto de minha casa. Nenhuma excursão a paragens pouco familiares foi exigida pela missão, desta vez. A rua ficava suficientemente afastada do porto para que os rumores do cais chegassem abafados, quase irreais, mas suficientemente próxima para não nos deixar esquecer a proximidade do mar e a promessa de outros mundos, forasteiros, devir.

Encostei-me à fachada de uma casa para desenhar a fachada da casa do outro lado da rua estreitíssima. A minha mão movia-se com um abandono que nem sequer era vontade própria. Guardei desses instantes a impressão confusa de estar a desenhar arquétipos, ideias, fantasmas sem qualquer ligação com aquilo que estava perante os meus olhos. Mal olhei para os traços precipitados deixados na brancura do papel. Dobrei a folha em quatro e meti-a no bolso. O tempo que gastei com este desenho foi tão reduzido que ainda pude passar por casa, equipar-me de cego e, com o passo cauteloso próprio de quem está privado da visão, vencer o curto trajeto até a biblioteca Forney, Rue du Figuier, antes da hora de encerramento. O livro que tateei e onde deixei a folha dobrada tinha o peso e o cheiro de uma obra antiga, cheia de sabedoria austera.

O Verão e o tempo quente trouxeram um afluxo de turistas mais contínuo e mais intenso. Os forasteiros gostavam de se aventurar pelas ruas acanhadas e tortuosas limítrofes ao porto, raramente hesitavam em se misturar com os locais, em beber uma aguardente nos bares frequentados por estivadores, marujos, rameiras e batoteiros ociosos. O sorriso deliciado que lhes atravessava o rosto mostrava bem como este convívio com a fauna nativa os fascinava. Sem dúvida, ensaiavam já as frases que usariam para contar a experiência a amigos e familiares, nos seus lares e espaços de socialização, lá longe, nas suas terras de origem.

Havia também famílias inteiras dos arredores de Paris que desciam à cidade para admirar os paquetes atracados. Os filhos, pequenos e excitados ou adolescentes e entediados, seguiam atrás dos adultos, estes vagamente intimidados com a grandiosidade e diversidade de tudo aquilo – barcos, casas, pessoas, contentores, o mar. Era o ponto alto de um dia onde sem dúvida caberia, ou já tinha cabido, o piquenique no parque Monceau ou Buttes-Chaumont, as *quiches lorraines,* as baguetes com pasta de atum ou salsichão, o vinho tinto de produção artesanal.

Veio uma vaga de calor. Sufocava-se nas minhas águas-furtadas. Comecei a sair com maior frequência, chegava a passar o dia e o princípio da noite fora de casa. Ia muito ao cinema, deixava-me ficar sentado em esplanadas com uma bebida à frente escolhida no impulso do momento. Passeava muito pouco.

Winna falara-me do acaso como "instigador benevolente de acontecimentos". No exterior, as probabilidades de um encontro casual aumentavam. Na tarde de um dia abafado em que a trovoada ameaçava, avistei a duas mesas de mim aquela por quem o meu vizinho, o autor da peça, suspirava; ele tinha-ma apresentado anteriormente, após submeter ao meu julgamento um punhado de haikus (péssimos). Nicole (era este o nome da rapariga) reconheceu-me imediatamente e acenou-me. Sentei-me ao seu lado de muito bom grado. Ignorava qual era o estado atual das suas relações com o estudante, mas estava convicto de que nunca passariam além da amizade — os seus temperamentos eram demasiado díspares.

Nicole foi direta ao assunto. Estava a coordenar uma antologia do conto português e brasileiro do século XIX e procurava alguém para rever as traduções para a língua francesa. Disse-lhe que ia pensar, mas na verdade a minha decisão ficou tomada logo ali. Não percebo mais de literatura do século XIX do que um qualquer amador esforçado, mas a tarefa não parecia demasiado exigente e agradava-me ter alguma coisa entre mãos enquanto não chegava a última das datas que marcara no meu calendário, a partir da qual a minha presença em Paris deixaria de fazer sentido.

Fiquei por essa altura a saber que a secretariazinha se despedira do emprego. Nunca a julgara capaz de um gesto desses. "O que é de mais é de mais" ouvi-a dizer à porteira do nosso prédio. Parecia 10 centímetros mais alta quando se exprimia com aquela exaltação, toda ela orgulho e raiva. O detestável homem do bigode aparecia agora mais raramente. O que andaria ele a preparar? Os dias começavam nitidamente a ficar mais curtos.

Winna revelara-me a sua intenção de entrar em audições para um papel numa comédia musical. Foi com grande surpresa que, quando chegou o dia, ela me convidou para a acompanhar. Disse-me que se sentia melhor com alguém conhecido ao lado dela. Alguém conhecido, pensei eu sem o dizer, mas não demasiado próximo, para que a recordação de um eventual falhanço não a acompanhasse para o resto da vida. O convite não fora feito de maneira leviana: havia embaraço e ponderação nas palavras que escolhera, na maneira como alisava a longa trança ruiva. As audições tinham lugar nos arredores, em Aubervilliers. Apanhamos o metro, passamos todo o trajeto a falar de coisas triviais, ninharias sem consequência, tudo o que ajudasse a dissipar a tensão que ela estaria seguramente a acumular.

Não sei se a audição correu mal ou bem. Eu até gostei da vozita da Winna, do seu timbre rouco e pouco vulgar, dos seus movimentos de dança entre o frágil e o provocador. Mas seria aquele estilo que procuravam para o papel? Tinha as minhas dúvidas, mas claro está que tive o cuidado de as guardar para mim e de recompensar o esforço da Winna com elogios e encorajamentos, sentado à frente dela no café onde lhe ofereci uma água Perrier, um café que descobríramos por um feliz milagre no meio de um bairro de armazéns, garagens e lojas entaipadas. A

Winna, talvez como consequência do alívio por ver ultrapassada aquela prova, abriu-se comigo como nunca tinha sucedido até aí. Deixando-se de rodeios, admitiu que o que a trazia ali era o desejo muito vivo de mudar de vida, abraçar novos desafios, romper com um passado que contivera o seu quinhão de humilhações e frustrações. A música e os palcos eram uma das opções, mas por que não a ilustração de livros infantis ou a venda *online* de joalharia de autor? Os anseios do presente abriram a porta para as revelações sobre o passado, e também aqui Winna me surpreendeu pela franqueza com que descreveu a sua vida com Ole em Copenhaga, a mudança para Paris, o deslumbramento inicial que depressa dera lugar à rotina e a um sentimento de degradação, a decadência física do protetor, cujo estado atual de sedentarismo mórbido e apatia parecia impossível de conciliar com o homem empreendedor e irresistível que ele fora dantes, capaz de arrastar tudo à sua frente para conseguir os seus objetivos, a amizade e cumplicidade que criara com as suas associadas de Belfort e que lhe tinham trazido um conforto que ela já se julgava incapaz de alcançar.

Até este momento, as revelações que eu tinha deixado escapar sobre a minha missão nunca tinham surgido por iniciativa minha. Em conversas, em esporádicas ocasiões sociais, eu nunca me esforçava por esconder as circunstâncias que me tinham trazido a Paris, as minhas movimentações, os meus afazeres, mas nunca era o primeiro a trazer o assunto para discussão. A transparência era tão alheia aos meus intentos como a dissimulação; falar ou calar eram ortogonais ao sucesso. Foi só quando me vi face a face com Winna, no café de Aubervilliers, que o esforço para contar a minha história a alguém me apareceu, singularmente, como parte dessa mesma história, nela contido e indestrinçável.

Os olhos de Winna declinavam a promessa grave de escutar sem julgar, de escutar até o fim acontecesse o que acontecesse. Eu não pedia o ouvinte perfeito, mas era o ouvinte perfeito que aguardava, com paciência, sentado à minha frente.

É de costas que um corpo denuncia o seu estado de aten- ção absoluta. Desejei estar a aproximar-me da mesa onde nos sentávamos, vindo de longe, e surpreender Winna de costas com o olhar.

Tudo começara em Lisboa. Eu tinha ido ao cinema sozinho, para ver o filme *Elogio do Amor*, realizado por Jean-Luc Godard.

Neste filme, a personagem interpretada pelo ator Bruno Putzulu explica a dificuldade que sente em produzir um filme protagonizado por um "adulto". É-se jovem ou velho, categorias universalmente reconhecidas e acompanhadas pelo respectivo aparato de convenções; mas como ser um "adulto"? Num dado momento, ele descreve "ser adulto" (ou seja, PESSOA) como a ambição máxima a que se pode aspirar. Nesse instante preciso, levantei-me da minha cadeira e saí da sala sem olhar para trás, saí do cinema para a Avenida Guerra Junqueiro, banhada por um sol raso de princípio de Inverno, vagueei à toa por entre casais, famílias e transeuntes ocupados com as compras de Natal. Dei por mim num bairro desconhecido, esgotado mas surpreendido com a nitidez rude da minha resolução. Nesse mesmo dia comprei o bilhete de avião, enchi uma mala com mudas de roupa e livros e voei para uma Paris imaginada deixando para trás uma Lisboa tão autêntica que feria retinas incautas todos os dias, apenas moderadamente transfigurada pela esterilidade, pela dormência.

Ambicionei partir do zero, deixar para trás uma cidade povoada de memórias e episódios que viciavam à partida qualquer plano ou itinerário. Quis cortar amarras, livrar-me da tirania demasiado terna dos laços, dos motivos e da convivência. Acima de tudo, quis expurgar a minha vida de sentido e cumprir uma missão com o escrúpulo que normalmente é reservado para as grandes demandas reluzentes de urgência moral. A ideia da visita aos locais da morte de autores famosos, dos desenhos e do disfarce surgiu durante a viagem. Os detalhes não importavam. O que importava era um calendário, um quarto meu, a certeza reconfortante do que havia para fazer.

Ali, face a face com Winna no café de Aubervilliers, a minha convicção parecia esboroar-se. Nenhum ângulo ou escolha de palavras parecia próximo de transformar a minha presença em Paris e a minha missão em algo mais do que um capricho, uma anedota boa para contar aos amigos se não houver nada de mais suculento para partilhar. E, contudo, os olhos de Winna mantinham a expressão de gravidade neutra, exatamente a meio caminho entre o escárnio e a admiração.

Se ela me tivesse repetido que toda a empreitada era inútil, que a probabilidade de alguém alguma vez vir a reunir os cinco desenhos, reconstruir o endereço e fazer-me chegar notícias desse evento improvável era na prática igual a zero, teria respondido com a alegação de que me bastava a existência dessa probabilidade, por ínfima que fosse. Eu não esperava favores do acaso; melhor ainda, trabalhava para reduzir a hipótese de sucesso a um ponto irrisório. Lucidamente, sabia que seria necessário repetir a experiência um número absurdamente alto de vezes para que acontecesse uma conjugação de fatos tão inverosímil. Estava em paz com a hipótese de os meus esforços serem em vão. Era isto que teria para dizer a Winna, se os seus olhos exprimissem cepticismo ou uma curiosidade mais ou menos moderada pela polidez. Mas os seus olhos permaneciam neutros, puros receptáculos para a imagem em movimento de um homem que fala.

A minha narrativa soçobrava à medida que eu a debitava. Nada restava a não ser a vaga recordação do esforço muscular, da minha postura (um pouco inclinado para a frente, como em flagrante delito de proselitismo) e do movimento dos órgãos da fala.

Naquela terra de ninguém, no silêncio que se instalou, apercebi-me pela primeira vez da respiração de Winna. Aquele corpo a respirar era de repente a única coisa real.

Parecia um metrônomo.

O fluxo do tempo provinha daquele peito que subia e descia.

O mesmo tempo onde existiam todas aquelas figuras que até aí se tinham limitado a povoar esparsamente o meu calendário.

O estudante.

O proxeneta indolente.

A secretária.

O pretendente da secretária, com os seus ares de Don Juan.

O traficante de arte desaparecido.

O marinheiro maltês e os seus presentes extravagantes.

Todos os figurantes, dotados de ânimo e propósito, à solta nas ruas de Paris.

A mala, que permanecia debaixo da minha cama, inviolada.

A mala parecia quase vazia. Sopesei-a, abanei-a, surpreendido com a sua leveza. Não devia conter mais do que alguns objetos soltos.

Junto ao fecho havia marcas inequívocas de tentativa de arrombamento. Quem teria penetrado no meu quarto na minha ausência? Fosse quem fosse, apenas se interessara pela mala; tudo o resto estava intacto.

As minhas suspeitas recaíram imediatamente sobre o homem do bigode, tanto mais que ele deixara de aparecer, sem dúvida desencorajado pelo falhanço da sua tentativa de acesso à mala. O ar taciturno da secretária apenas vinha confirmar esta conjectura. Quando consegui falar com ela, a maneira como se referiu a ele, num pretérito carregado de amargura e despeito, dispensou pormenores. Fiquei também a saber que obtivera um novo emprego, na contabilidade de uma pequena empresa do setor do calçado. Desejo-lhe todas as felicidades neste mundo, porque ela as merece.

O estudante começou a desafiar-me para jogar xadrez quando descobriu que eu era um amador. Jogávamos sem relógio; as nossas partidas prolongavam-se pela madrugada dentro, ambos preferíamos os duelos posicionais e as aberturas fechadas aos festivais táticos e aos ataques arrojados. As conversas que mantínhamos, intensas a ponto de nos esquecermos de quem era a vez de jogar, revelaram-me outra faceta dele, menos dogmática e mais espirituosa. Ele abandonara em definitivo o hábito de me submeter os seus escritos, e eu nunca mais tinha abordado esse assunto. Foi de sua livre iniciativa que me revelou que acabara tudo com Nicole, mas garantiu-me que continuavam a ser bons amigos e que não se importava que nos continuássemos a ver. O conto que eu tinha entre mãos para rever estava à vista, em cima da minha secretária, ao lado do dicionário.

A revisão dos contos corria bem, após um começo lento. Aproveitei para descobrir vários autores que nem sequer suspeitava que existiam. Nicole aconselhou-me a regularizar a minha situação laboral, porque isso seria vantajoso para todos. Passei horas em repartições de Finanças e balcões da Segurança Social, reenviado de um lado para o outro, mal informado...

Um dia, a porta do quarto do traficante de arte apareceu selada. A porteira contou que tinham estado lá dois agentes da polícia, acompanhados por um oficial da justiça. Pareceu relutante em acrescentar pormenores. Ela estaria ao corrente da mala que eu guardava no meu quarto?

Eu hesitava em revelar à polícia a existência da mala. O estudante aconselhou-me simplesmente a abri-la, inspeccionar o conteúdo e livrar-me dela. Ajudou-me a forçar os fechos com uma verruma que foi pedir emprestada, sob um pretexto falso, ao marido da porteira, biscateiro nas horas vagas.

Dentro da mala encontramos apenas um exemplar de *Splendeurs et Misères des Courtisanes,* de Balzac, e um frasco de água-de-colónia meio vazio.

Eufórica, Winna veio bater à minha porta para anunciar que lhe tinham dado o papel que ambicionava. Balbuciei os meus parabéns. Ela mal cabia em si de contente. Garantiu-me que eu era a primeira pessoa a quem contava a novidade. Pergunto-me se terá detectado algo de frouxo nas minhas felicitações. Senti remorsos por ver com contrariedade a perspectiva de ela se mudar para um sítio menos abominável, mais de acordo com a sua condição de atriz em ascensão, pronta a surpreender o mundo com o seu talento. Todo o seu rosto transbordava excitação, os seus olhos pareciam ver apenas um futuro radioso, alheio à miséria pálida daquelas paredes.

As semanas tinham-se sucedido, discretas e anônimas. Os primeiros rigores do Inverno anunciavam-se já. Num piscar de olhos, no interior do prédio, o calor abafado cedera lugar aos primeiros frios e à humidade que tudo invadia, com equanimidade perfeita.

Quase deixei passar o dia 18 de Novembro sem me aperceber disso. Um jornal abandonado num banco de autocarro alertou-me para a data. Havia ainda tempo para ir a casa buscar o bloco e os lápis, para me dirigir à Rue Hamelin, algures entre o Trocadéro e o Arco do Triunfo, para reproduzir no papel a sobriedade burguesa daquela rua, algum elemento de mobiliário urbano, talvez a silhueta fugidia de um ou outro passante.

Marcel Proust morreu a 18 de Novembro de 1922 no número 44 desta rua (e não, como muitas vezes se pensa, no quarto revestido a cortiça do Boulevard Haussmann).

Neste dia enevoado, de sol intermitente, a minha mão recusou-se a traçar qualquer semelhança, por vaga que fosse, com o que via à minha frente. Desenhei figuras geométricas, padrões, pedaços de letras, símbolos ao acaso. Escrevi algarismos. Furei o papel com a mina, dobrei-o, deixei que a humidade do ar o amolecesse.

A minha visita do dia seguinte à biblioteca do Museu Galliera, Avenue Pierre 1er de Serbie, quase provocou um pequeno tumulto. Ao chegar, de bengala em riste, vi-me o alvo das atenções escandalizadas de utentes e funcionários. Só ao fim de alguns momentos me apercebi de que esquecera os óculos escuros em casa. Sem dúvida, os meus olhos varriam o espaço com a rapidez de quem entra num lugar pela primeira vez; a minha postura e os meus movimentos não podiam ser os de um invisual e denunciavam a impostura. Consegui ainda, com a discrição possível, deixar a informe folha de papel coberta com os meus rabiscos entre as páginas de um qualquer livro de referência, antigo e maciço, antes de me esgueirar pela saída para evitar ser interpelado.

Fiz algumas diligências para doar a minha bengala a uma instituição de caridade, mas o meu impulso generoso foi tomado por frivolidade. Continuei a guardá-la, como sempre o fizera, no fundo do roupeiro.

Comprei um cobertor muito espesso, feito à mão. A recordação do frio que passara durante as noites do último Inverno atormentava-me.

Winna mudou-se para um estúdio perto da Gare de l'Est. Não estava mal pensado: ficava a meio caminho entre o centro da cidade e o local onde decorreriam os ensaios. Encontrei a morada rabiscada num papel, preso entre a minha porta e o lambril. Winna estaria a viver sozinha no seu estúdio? E que direito me assistia para perguntar isto? Winna sabia que eu sabia que não precisava de convite para a ir visitar. Bastava apanhar o metropolitano num dia qualquer, sem avisar. Mas eu hesitava.

Nicole devolveu-me alguns dos contos que eu revera. Disse-me que ainda precisavam de algum trabalho. Trazia um cachecol de lã cor de mel que lhe ficava bem.

Comecei a ter mais gosto em confeccionar as minhas próprias refeições na placa elétrica que demorava uma eternidade a aquecer. Por tentativa e erro, descobrira as lojas do bairro onde se podia comprar o melhor pão, os melhores legumes, a melhor fruta...

A leitura de *Splendeurs et Misères des Courtisanes* revelou-me a sagacidade criminosa de Vautrin e o destino trágico da *demi-mondaine* Esther Van Gobseck.

Pediram-me para assinar uma petição contra a alteração dos horários do comércio local. Assinei.

As feições devoradas pelo choro da filha do dono do *bistrot* revelavam tudo: o seu desgosto, o amante embarcado, a vontade de partir.

Uma manhã, ao sair à rua, senti algo de diferente no ar e na luz; o mar, silencioso e paciente, era o mesmo de sempre.

Março-maio 2012

O mesmo poeta

— É assim, amiga, a casa é antiga e muito espaçosa. Fica perto do Campo de Santa Clara. Nos dias em que a Feira da Ladra funciona, o burburinho faz lembrar bandos de aves enormes e impacientes. Por fora, a casa parece um palácio. Por dentro, um lar pequeno-burguês provido de nichos para o amor e para o ócio. Entra-se diretamente para uma sala ampla, cheia de móveis cuja disposição parece ter sido decidida pela sorte e pelo hábito. A sala está decorada com telas abstratas onde dominam as cores quentes e as estruturas geométricas rígidas, que se repetem como num padrão de quadro para quadro. Os quadros foram pintados pelo Paulo, já te falei do Paulo, é um dos três inquilinos, um modelo de simpatia e contador de histórias incansável. O quarto do Paulo dá para a sala. É um quarto pequeno, limpo e arejado, que lhe serve também de *atelier*. O quarto do Paulo partilha uma parede com o do Maciej, que é aquele Erasmus polaco de quem já te falei, que estuda engenharia e toca sax tenor. O Maciej é um rapaz cinco estrelas, dou-me lindamente com ele. O quarto do Maciej também tem acesso direto à sala. Bem pelo contrário, o quarto do O... O quarto do O...

— Amiga, esses prolegómenos estão a deixar-me os nervos em franja. O que há com o quarto do O.? Desembucha.

— Para chegar ao quarto do O., torna-se necessário passar pelo quarto do Maciej (que está sempre pronto para dar dois dedos de conversa, um pouco para socializar e um pouco para aperfeiçoar o seu português, que aliás já é muito aceitável, e que tem o cuidado de não tocar saxofone depois das 11 da noite), meter por um corredor estreito e sem luz, descer dois degraus de alturas diferentes, virar à esquerda e empurrar uma porta que se confunde com a parede porque é da mesma cor que a parede.

— Cruzes, parece um percurso iniciático de uma seita qualquer. Que rituais satânicos têm lugar nesse quarto inacessível?

— Antes fossem rituais satânicos, amiga! Belzebu em pessoa seria um alívio comparado com este tormento! Já te falei do O. vezes sem conta, verdade?

— Eu deixei de as contar.

— Testei a tua paciência com as minhas queixas repetidas sobre a sua obstinação de mula, sobre as suas hesitações infantis. Durante meses, resisti a pronunciar o seu nome *in absentia*, como se o nome fosse inseparável do corpo que ficou para trás, naquelas serras frias e inférteis onde crescemos, juntos e irmanados pelas inclinações da alma. Agora que ele se resignou a vir estudar para Lisboa para ser alguém na vida, em vez de jurar fidelidade eterna à insípida província da sua infância, com um ano de atraso relativamente a mim e relativamente ao que o bom senso ordenava, eu devia estar feliz, na minha cara devia residir em permanência o sorriso de quem tem tudo aquilo a que aspirou: saúde, palminho de cara, a vida na espantosa cidade de Lisboa, a pessoa que se ama.

— Mas a tua cara é a de quem a vida contrariou, em vez de despejar benesses.

— Batia tudo certo, como que a pedido. A casa onde o O. conseguiu arrendar quarto fica perto da minha, o caminho faz-se a pé nas calmas mas a proximidade não é excessiva, não andamos a tropeçar um no outro dia após dia, dá para respirar, dá para estender os braços e não encontrar mais do que o espaço vazio. Dividíamos os nossos dias entre as minhas aulas na Faculdade de Medicina Veterinária, as aulas dele de gestão no ISEG, uma ou outra saída à noite, a dois ou com amigos, sessões de *poker* pela noite dentro, maratonas de séries no AXN. Aos poucos, recuperávamos a intimidade perdida. O meu desprezo silencioso estendia-se a todos aqueles que afirmam que no amor não existem segundas oportunidades.

— Em que parte da história entra o poeta russo? Sim, porque tu já me contaste que o verdadeiro busílis era um poeta russo. Só faltaram os detalhes.

— Os primeiros sinais do desvario foram ambíguos. Por exemplo, estávamos os dois sozinhos no quarto dele, ele olhava em redor com ar sonhador e convidava-me a dedicar um pensamento às criaturas ilustres que tinham passado pelo quarto outrora.

— Criaturas ilustres.

— Estou a citar. Achas normal? Estas alusões transformaram-se numa espécie de hábito. Desejei que ele concretizasse, que chegasse aonde quer que fosse que queria chegar. Exasperei-me, discutimos. Foi então que o seu interesse pela poesia russa do início do século XX, que inicialmente tomei por um capricho, assumiu as proporções de uma doença obsessiva. Estamos a falar do O., que não distingue um soneto de um haiku e que possui um historial sólido de contribuição para baixar as estatísticas de leitura em Portugal.

— Talvez ele queira apenas chamar a atenção. Há quem cometa loucuras para que os outros reparem em si.

— Quando tentei ignorá-lo, desviar as conversas, a coisa partiu em crescendo. No final de um serão de pizza e gelado, eu ao colo dele, Otis Redding no iPod, eis que o O. entra em modo lamechas, fixa os olhos na parede e começa a desbobinar uma série de palermices sobre alguém que teria acabado os seus dias num campo de prisioneiros da Sibéria por ter insultado Estaline em verso, e que teria passado alguns meses da sua juventude ali mesmo debaixo do teto do quarto onde estávamos agora, colados um ao outro, misturando os nossos hálitos e os nossos tédios. Eu não estava a acreditar, amiga!

— Ele estava a falar a sério? Estava a gozar, não estava? Estava a falar a sério? A sério que estava? Diz-me que ele estava a gozar. Não estava a falar a sério, pois não? Só podia estar a gozar.

— Ele estava a falar a sério. O meu namorado estava a dizer que o poeta Ossip Mandelstam (1891-1938), fundador do grupo acmeísta onde pontificavam Gumilyov e Akhmatova, entre outros, viveu no Campo de Santa Clara, no mesmo quarto onde ele me recebe, onde trocamos carícias fatigadas e as histórias do dia que passou.

— Claro que tentaste chamá-lo à razão.

— Fiz troça, chamei-lhe criança, estalei a língua com desdém. Tudo em vão.

— Se formos a ver, não é morte de homem. Há manias piores. Não há paixão sem caprichos. Isso não faz dele um mitômano. E quem te garante que não há um fundinho de verdade naquilo que diz?

— Achas? É um delírio puro. Mas sabes o que é mais curioso? As versões da história variam consoante os altos e baixos da nossa relação. Quando estamos num mar de rosas, ele defende que Mandelstam fez uma viagem a Portugal algures entre 1908 e 1910 e que foi nessa altura que se instalou no quarto, tão remoto e camuflado como um esconderijo, onde o O. dorme agora quando não dorme em minha casa. Durante esses anos pouco documentados na sua biografia, o poeta estudou em Paris e Heidelberg. Pensar que fez uma incursão a Lisboa nesses anos pré-implantação da República tem o seu quê de barroco, mas não é possível provar o contrário.

— O encanto do inverosímil: quem lhe resiste?

— Quando discutimos, sobretudo quando ele percebe que estou zangada a sério, por exemplo quando deixo de responder às mensagens dele, a história fica mais elaborada. Mete a queda em desgraça de Ossip Mandelstam depois de ter vindo a lume o epigrama, de uma ironia devastadora, dirigido a Estaline, mete os anos terríveis que se seguiram, a ordem de desterro para os Urais, a intercessão de Bukharin, uma das figuras mais poderosas do Kremlin, a comutação da pena, a possibilidade de escolher qualquer cidade para viver, com excepção das doze maiores da U.R.S.S., a instalação em Voronezh com a mulher, Nadezhda. O O. jura a pés juntos que foi nessa altura que Mandelstam, por ação de amigos e admiradores da sua obra no Ocidente, se refugiou sucessivamente em várias cidades da Europa, incluindo Lisboa, o Campo de Santa Clara, o quarto aonde ninguém consegue chegar sem ser guiado por alguém que conheça o caminho, e que agora cheira a peúgas de rapaz e está coberto com apontamentos e fotocópias de livros de economia e gestão.
— Ena pá.
— Não tem pés nem cabeça, é a coisa mais idiota que alguma vez saiu de boca de homem nascido de mulher, mas havias de ver a convicção com que ele diz isto. Estas coisas não se fingem. Ele acredita. Também serve para me chamar a aten- ção, sobretudo quando percebe que estou a perder a paciência com ele, mas não é só para chamar a atenção.
— Para começar, o que teria levado Mandelstam a regressar a Voronezh para viver a amargura do desterro, os anos terríveis que se seguiram, o destino final num campo de trabalho gélido perto de Vladivostok?
— Costuma ser nessa parte da explicação que bato com a porta ou dou dois gritos. Mas não duvides de que ele tem uma teoria na ponta da língua para explicar isso.
— Amiga, olha, é assim: podia ser muito pior. Não lhe podes conceder essa tara? Podia ser tão pior, tão mais sinistro, de tantas maneiras!
— O que é mais estranho, amiga, é que tirando isso tudo corre na perfeição: sinto-me bem com o O., penso muitas vezes num futuro com ele, olho-o nos olhos e vejo bondade, valor, carinho, nobreza. Mas como ignorar esta mancha, esta mania bizarra saliente como um apêndice? Estou com ele no quarto e de repente parece-me que estou a ver Mandelstam sentado ao parapeito a rever com entusiasmo juvenil as provas do seu primeiro volume de poemas ("Kamen", ou seja "A Pedra"), a namoriscar Nadezhda, a escrever uma carta à poetisa Maria Petrovykh, ou então a andar de um lado para o outro, febril, enquanto declama os seus versos em voz alta.
— Tens de ser flexível. O amor também é isso, ser flexível.

∽

— A casa não é feia e até está bem conservada, para os padrões lisboetas, mas transporta-nos imediatamente (é automático) para séculos que já passaram. Parece uma casa feita para aristocratas italianos em decadência, um cenário para um filme do Visconti, estás a ver? E afinal é um dormitório para estudantes. O proprietário (contaram-me) vive nos confins da Irlanda e comunica com o administrador desta e de outras propriedades suas apenas por correio normal, longas cartas escritas numa caligrafia apuradíssima e repletas de divagações sobre o estado do mundo. É num quarto dessa casa, tão isolado que nenhum grito de lá escapa, que vive o O., de quem te falei tantas vezes. É um rapaz sem histórias. Vai às aulas, estuda, vai beber um copo com os amigos, dorme até tarde aos sábados e domingos. Uma vez por mês, em média, apanha um comboio e uma camioneta para ir visitar os pais reformados, numa terra remota e rodeada de montanhas que parecem intransponíveis ao visitante desprevenido. Anda com a N., que tu conheces.

— Assim assim. É amiga de amigos. Se nos cruzássemos na rua, não sei se ela me reconheceria.

— Detesto pensar que existe *esta coisa* entre nós. A traição mete-me nojo. Só comecei a olhar para o O. de outra maneira quando me convenci de que as coisas entre ele e a N. não tinham futuro. Estavam num beco sem saída, percebes? Um marasmo emocional, uma coisa sem pés nem cabeça. E era a própria N. que o admitia, isto não eram suposições minhas.

— Não te estou a julgar. Olha para mim. Conta-me tudo à vontade. Alguma vez te julguei? Costumo julgar as pessoas?

— Bem sei que não. Sou eu própria que me acuso e respondo às acusações, à vez. Até faço vozes diferentes. Ando uma pilha de nervos. Obrigado por me ouvires. Se calhar tens que fazer, estudar para exames.

— Qual de vocês é que deu o primeiro passo?

— É difícil dizer... Sabes como são estas coisas. Um olhar, uma palavra inesperada, um sobressalto, a mão que roça na mão, coisas que levam a outras coisas. Lembro-me do dia, da hora, do lugar e daquilo que cada um de nós estava a beber. Mas sabes, se aconteceu aquilo que aconteceu foi porque estava escrito. Não adiantava tentar fugir. Não foi uma decisão.

— Viver às escondidas não leva a lado nenhum. Vai ter com a N. e conta-lhe tudo. Por aquilo que me contas, a relação deles não tem futuro.

Se as coisas estão tão mal entre ela e o O., qual é o problema? Ela há-de compreender.

— As coisas não são assim tão simples. Eles ainda se vêem, ainda têm sentimentos muito fortes um pelo outro.

— O O. é maior e vacinado. Se anda contigo...

— Ele é um querido, é fantástico. Sinto-me tão bem quando estou com ele. Sinto-me especial, percebes? Vou visitá-lo quando sei que a N. está em aulas. Sei de cor o horário dela, escolho a altura das aulas práticas porque ela não pode faltar às aulas práticas. É quase sempre o Paulo quem me abre a porta. Desconfio que ele nunca sai de casa, está sempre lá. Cumprimenta-me sempre como se eu fosse a filha pródiga, acabada de chegar dos antípodas. Adoro o Paulo, ele é mesmo espetacular. Às vezes o Maciej está na sala a beber chá, outras vezes está no quarto a tocar saxofone. Quando não o vejo na sala nem ouço o saxofone, é porque ele não está em casa. Não me ofendo por o O. não vir ter comigo. Bem sei que nenhum ruído do resto da casa chega ao seu quarto. Sigo o corredor tortuoso às apalpadelas, bato à porta dele, dá-me gosto surpreendê-lo. Quando estamos sozinhos no quartinho minúsculo onde vive, longe do mundo, longe do ruído e longe de tudo, é como se o tempo parasse.

— Afinal de contas não lhe roubaste o homem, vai ter com ela. Vai ter com a N. e conta-lhe tudo, e depois pergunta-lhe: "Estamos bem?" Ela vai compreender.

— Mesmo que compreendesse...

— O que queres dizer com isso?

— Às vezes pergunto-me... O O. por vezes tem umas atitudes que me põem a pensar.

— Outra vez a história do poeta russo?

— Também conheces essa história?

— Claro que conheço. Não é uma frase de engate, não é um segredo íntimo. O O. vem com essa conversa a toda a hora. A infância de Mandelstam em Varsóvia e Sampetersburgo, o grupo dos acmeístas, a rejeição do simbolismo, a perseguição política, o exílio, a fidelidade de Nadezhda. Às vezes torna-se um pouco maçador. "Era aqui que ele se sentava, folheando o seu volume de Pushkin desconjuntado pelo uso, era aqui que ele pousava o samovar." Santa paciência. Se fosse outra pessoa, mandava-o passear. Há coisas que só se toleram quando vêm do bom e velho O.

— Pois é, mas às vezes ponho-me a pensar. E se houvesse alguma verdade naquilo que ele diz?

— Achas? Se um poeta tão conhecido tivesse visitado Lisboa, isso haveria de se saber. Nenhum biógrafo menciona nada parecido.

— Esses anos da vida do poeta estão mal documentados. 1908, 1909, 1910, os estudos em França e na Alemanha, o regresso a Sampetersburgo... Quem pode jurar a pés juntos que ele não fez uma viagem além Pirenéus, que não visitou Lisboa? A Europa estava em paz. Mandelstam era jovem, espírito de aventura era coisa que não lhe faltava.

— Admito que bate certo com o seu feitio rebelde, com o espírito que o levou a contribuir para revolucionar a poesia russa, para a ajudar a sair do beco sem saída a que a conduzira a revolta contra o positivismo do século XIX, a obsessão pelo ideal, pelo incorpóreo, pelo espiritual. "O simbolismo russo gritou tanto e tão alto sobre o indizível, que o indizível começou a circular como papel-moeda": sempre gostei desta citação dele. Mas, como sabes, o O. cada vez insiste mais na outra versão, a da escapadela mais tardia, nos anos 20 ou 30, durante os anos de perseguição e desterro, entre um porto de abrigo provisório e o seguinte. Como se pode levá-lo a sério nessas alturas?

— Tens razão, ele por vezes delira. Mas não faz por mal. Achas que faz isso para que reparem nele? Será um grito de socorro? Tu conhece-lo há muito mais tempo do que eu. Sinto-me insegura, tenho um medo horrível de o perder, e ainda por cima há esta história da N. Não sei o que lhe diga, não sei o que fazer.

— São dois problemas diferentes. Não os mistures. Ficas como uma galinha tonta a correr de um lado para o outro. Uma coisa de cada vez.

∼

— Só de entrar naquela casa, fico deprimido. Estás a ver o gênero. Infiltrações, tinta a lascar, cheiro a mofo e ao peixe frito dos vizinhos. Pagam uma fortuna por quartos pequenos e frios. Ah, mas a fachada tem azulejos de origem e viveram lá famílias nobres.

— Já lá estive montes de vezes.

— Dantes entrava lá com prazer, com a certeza de ir passar um bom bocado. Noites de cartas, futebol, ou simplesmente conversas sobre isto e sobre aquilo. Foi por causa do Paulo que comecei a visitar a casa. A nossa amizade vem dos tempos do liceu. Depois, fiz-me amigo do O. e acabamos por ficar bastante próximos. Temos muita coisa em comum. Houve uma altura em que estive mesmo em baixo e nessa altura o O. estava lá para me apoiar, percebeu que eu estava num farrapo e não me largou enquanto não recuperei. Eu nunca me esqueço destas coisas. Portanto, vivem lá o Paulo e o O. O Maciej chegou mais tarde. Fala um português todo esburacado mas é um porreiro. Toca jazz numa banda.

— Já não toca. Saiu da banda porque não tinha tempo de ir aos ensaios.

— Não sabia isso. De qualquer maneira, era aqui que eu queria chegar: não me meto na vida dos outros mas custa-me estar de braços cruzados a assistir àquilo que se passa com o O.

— É natural, ele é teu amigo. Os amigos servem para isso mesmo.

— O O. deixa-me perplexo. À primeira vista é um rapaz normalíssimo, amigo do amigo, que leva muito a sério os estudos de Gestão sem deixar por isso de se divertir, de gozar a vida, de aproveitar ao máximo tudo o que esta magnífica cidade tem para oferecer. Mas quando alguém que o conhece se dá ao trabalho de penetrar esta carapaça de normalidade, começam as surpresas, e não são pequenas. Quem diria que ele seria capaz de manter duas namoradas ao mesmo tempo sem um pingo de malícia, com a ingenuidade de uma criança, como se tivesse amor que chegasse para duas pessoas e não visse mal nenhum em partilhá-lo. Vive uma vida dupla como quem respira, com um sorriso nos lábios. No fundo, acho que isso é uma consequência da sua bondade. Recusa-se a que alguém sofra por sua causa e depois dá nisto.

— A N. e mais quem?

— A M. esteve a desabafar comigo. Está a viver o seu idílio com o O. mas tem receio de melindrar a N., que afinal de contas é amiga do peito. Está numa pilha de nervos, não sabe para onde se virar.

— Conheço mal a M., mas parece-me ser o tipo de pessoa que faz tempestades num copo de água.

— Há razão para fazer tempestades, neste caso. A pobre coitada está dividida entre o dever e o prazer. É a pior situação possível. E não é tudo. Há ainda as fantasias do O., que não ajudam a tornar a situação mais simples, pelo contrário.

— Estás a falar dos fantasmas de poetas malditos que ele alberga no seu quarto minúsculo?

— Então também sabes?

— Todos os amigos dele sabem, e todos os amigos dos amigos, e todos aqueles que frequentam a casa do Campo de Santa Clara, e todos os que conhecem alguém que frequenta a casa. Não é um segredo de estado. O O. nunca se fez rogado para espalhar aos quatro ventos as suas teorias, desde o círculo mais próximo ao homem da companhia do gás. Ossip Mandelstam e a sua suposta excursão a Lisboa, as suas excentricidades e infidelidades, a aparente submissão ao poder, seguida de provocações pouco sutis, a dedicação de Nadezhda, já são motivo de anedota.

— A M. sente-se inquieta por ele. Não percebe como é que o O. pode defender fatos insustentáveis. Mas ela própria sente-se tentada a acreditar. É natural. O amor deixa-nos capaz de acreditar em tudo. É uma maneira de ela se sentir mais próxima dele.

— O O. consegue ser extremamente convincente. O entusiasmo dele pega-se como uma gripe. Até eu, que nunca me tinha sentido nem um pouco interessada por poesia russa do princípio do século, comprei uma antologia de Mandelstam na Feira do Livro, outra de Anna Akhmatova, e encomendei na Amazon a biografia escrita por Robert Littell.

— Esse nome...

— É o pai de Jonathan Littell, que ganhou o Goncourt. Foi jornalista e escreveu vários *bestsellers* de espionagem.

— Isso é interessante. Gosto do O. como se fosse meu irmão. Connosco, é para a vida e para a morte, e ele sabe isso. É natural que quem gosta dele, quem se preocupa com ele, se interrogue. O que será que o leva a insistir nestes disparates? Quem gosta dele não vai deixar de gostar dele por causa disso, quem o adora, como a M. e a N., não vai deixar de o adorar por causa disso, mas o que é certo é que estas infantilidades do O. fazem diferença, *estão ali,* tão impossíveis de ignorar como uma bandeira, um sinal, uma nódoa, uma farpa enterrada na carne. É o tipo de estranheza que perdura sem se atenuar. Uma pessoa não se habitua.

— Pode ser uma estratégia para definir quem de fato está do seu lado. Uma espécie de teste, percebes?

— O O. nunca foi um calculista. Basta ouvi-lo falar por uns minutos, basta ouvi-lo descrever o colchão de palha onde Mandelstam dormia a um canto, vestido com o seu único capote para se proteger da traiçoeira humidade atlântica, a maneira como o sol de Lisboa, ao incidir rasante através da janela baixa, lhe recordava as suas latitudes natais, a noite passada febrilmente a anotar o manifesto do poeta Mikhail Kuzmin ("Da Bela Claridade") que consumou a ruptura da nova geração com o simbolismo, para termos a certeza de que ele fala com a maior sinceridade deste mundo.

— Pode ser uma maneira de dizer aos outros: esta é a minha loucura, e quem me seguir nesta aventura louca estará comigo agora e para sempre. Para sempre junto a mim, entre estas quatro paredes que não são minhas, no meu espírito e ao alcance das minhas doces palavras. Não achas? Não te parece?

— Levaste tempo.
— Mas estou aqui, não estou?
— Estás aqui. Dá-me o teu casaco. Queres pousar a mochila?
— Deixa estar, obrigada. O Paulo não está em casa?
— O Paulo passa dias sem sair de casa, mas hoje por acaso foi a um jantar na Baixa.
— E o Maciej?
— Voou ontem para Varsóvia, para visitar a família.
— É esquisito não ouvir o saxofone dele.
— É, não é? É como se a música já fizesse parte da casa.
— Estavas a estudar para os exames?
— Por acaso não estava. Olha só o que eu descobri: uma lista exaustiva do espólio de Mandelstam no *site* da biblioteca da Universidade de Princeton. Correspondência com a Federação dos Escritores Soviéticos, uma carta dirigida às autoridades com pormenores do seu estado de saúde durante o desterro em Voronezh, notas manuscritas para uma peça radiofônica sobre Goethe, um artigo sobre François Villon, um fragmento copiado da *Divina Comédia* e até um extrato bancário!
— Isso é interessante. Consegues aceder aos documentos *online*?
— Isso era pedir de mais. Só os devem disponibilizar a investigadores.
— Chega aqui, O. Abraça-te a mim.
— Tens as mãos frias. Esta humidade... Às vezes parece-me que se está melhor lá fora do que aqui dentro. Queres que te faça um chá?
— Conseguiste consertar o teu jarro elétrico?
— Comprei um novo, na Rádio Popular. Faço-te um chá num instante.
— Deixa estar. Deixa-te ficar aqui, por favor. Sabes, queria dizer-te... Estive com o P.
— Esse tem estado muito quietinho no seu canto. Está com muito trabalho?
— Mais ou menos. Ele contou-me tudo sobre a M.
— O que tem a M.?
— Sobre tu e a M., quero dizer.
— Dou-me bem com a M., se é isso que queres dizer.
— Dás-te mesmo muito bem com a M., pelo que me contou o P. Unha com carne.
— Nunca te escondi nada. Aliás, não há nada para esconder.

— Olha, O., é assim: tu nunca me deste falsas esperanças e eu agradeço-te por isso. És honesto comigo e eu aprecio a honestidade. Bem sei que o papel que desempenho na tua vida é insignificante. Resignei-me a isso.

— Não digas isso.

— Contento-me em estar ao pé de ti. Não me importo de ser minúscula aos teus olhos, não me importo de ser ofuscada pela M., tal como não me importava de ser ofuscada pela N. Chegam-me os minutos que me concedes, basta-me estar ao teu lado, pousada como um pisa-papéis. Não te levo a mal que andes a namorar à esquerda e à direita.

— Abraça-me e deixa de dizer tolices. Vem aqui, vá.

— Não estás a perceber. Eu aceito tudo, sinto-me feliz assim. Não precisas de me esconder nada.

— Eu não te escondo nada.

— Escondeste-me que andavas a ver a M., tive de ficar a saber por terceiros. Mas estou-te a dizer que não faz mal.

— A M. vai e vem, a N. vai e vem, gosto de as receber e de beber chá e de recitar poesia com as pessoas que se dão ao trabalho de me vir visitar a este quarto remoto neste canto perdido de Lisboa.

— Chá e versos. És um querido, sabias? A sério, não faz mal. Não tens de te justificar. Sabes qual é a única coisa que me custa a suportar, no meio disto tudo?

— O que é que te custa a suportar?

— O que me custa é ter de partilhar estes poucos metros quadrados com fantasmas de poetas russos. É isso que me custa. Parece-me que os vejo: no parapeito da janela, sentados a um canto, abraçados às pernas, deitados ao comprido, cismando sobre as profundezas do sofrimento humano e sobre os acidentes da alma.

— Não há fantasmas aqui.

— Às vezes pareces capaz de evocar esses espíritos, como um médium.

— Não são espíritos. São as minhas teorias. Pouco me importa que os outros as achem ridículas. Eu sei o que sei.

— Acreditas realmente que Ossip Mandelstam em pessoa foi teu antecessor na qualidade de inquilino deste quarto frio e adorável? Não estarás, talvez sem querer, a povoar este espaço anônimo com presenças de figuras do passado que te são queridas para contrariar o efeito destas paredes anônimas, deste espaço que já foi de tanta gente e que nunca será só teu?

— Queres sair? Podíamos ir tomar um café lá fora. A noite está tão bonita.

— Não tens de dizer seja o que for. Não quero que te expliques. Tenho o coração ao pé da boca. Digo o que sinto, e é só isso.

— Leva o casaco, pelo sim pelo não. Vai à frente, este corredor é tão estreito que não cabem nele duas pessoas lado a lado. O que terá passado pela cabeça do arquiteto? Já te contei que viveram aqui famílias nobres?

— Lisboa desiludiu-te, O.? É isso que se passa? Tens saudades da tua terra, da paisagem agreste da montanha, dos espaços a perder de vista? Estás farto dos estudos, estás farto da Gestão de Empresas? Gostas de alegar coisas estranhas e surpreendentes para chocar os outros, para distinguir aqueles que te amam aconteça o que acontecer daqueles que se afastam ao primeiro comportamento estranho? É isso? Desconfias da intimidade excessiva, e por isso tentas criar um efeito de distanciamento?

— Reparaste no friso de azulejos? É tão antigo como a própria casa.

— Quem sou eu para ti? Um divertimento? Uma amiga de ocasião? Mais uma confidente, muito ajuizada à espera da sua vez na fila, atrás de todas as outras? Seja o que for, sinto-me bem assim. Mas quero que sejas tu a dizer-mo, sem máscaras, olhos nos olhos, sem uma legião de espectros a fazer coro contigo.

— Vamos lá para fora, vamos apanhar um pouco de ar fresco. Aqui dentro uma pessoa até abafa.

— Não quero sair, quero ficar dentro de casa. Aqui mesmo, nesta sala demasiado grande e vazia. É aqui que me vais dizer. Olha para mim. Olha para mim. Não te peço nada, mas preciso de saber.

— Nesta sala também está bem. Sinto-me sempre bem nesta sala. Esta sala já viu muita coisa, muitas décadas, muita gente. Sinto-me muito bem contigo. O que é que precisas de saber?

— A verdade. A tua verdade. Tenho medo de usar a palavra "alma".

"*Gelo da Primavera, gelo celestial,/Gelo primevo, nuvens, lutadores de encanto — /Silêncio, que levam uma nuvem pela rédea.*"[2]

Outubro-novembro 2011

---

2. Tradução: Nina Guerra e Filipe Guerra (Antologia *Guarda Minha Fala para Sempre*, Assírio & Alvim, 1996 – página 221).

Adverte-se aos curiosos que se imprimiu este livro em nossas oficinas, em 27 de novembro de 2020, em tipologia Libertine, com diversos sofwares livres, entre eles, LuaLTeX, git & ruby.
(v. 122245a)